梧桐の褥に寝かされ、[illegible]嵐の上に、水滴を纏う長軀が重なる。嵐の見る世界が、美しい五色の羽と緑葉の天幕でいっぱいになった。

「嵐……」

鴟己が名を呼び、顔を首許に埋めてくる。怒りをおさめているのに、その動きは先ほどより性急になっていた。

「あぁっ」

白金鳳凰の愛しい勇鳥《ゆうしや》

鴇 六連

22069

角川ルビー文庫

目次

口絵・本文イラスト／羽純ハナ

森羅万象《しんらばんしょう》

その元素たる木、火、土、金、水は

青龍《せいりゅう》、鳳凰《ほうおう》、麒麟《きりん》、白虎《びゃっこ》、玄武《げんぶ》の姿を得て

相争い、ときに愛恋《あいれん》を求め合う――

――古代神仙界《しんせんかい》。金の鎧《よろい》を輝《かがや》かせる白金帝《はっきんてい》の傍《かたわ》らに、銀の鎧を纏《まと》う仙華《せんが》一枝《いっし》の姿あり。

常に一体となって飛翔《ひしょう》し、戦勝を齎《もたら》す白金帝と仙華一枝は〝金銀比翼《ひよく》〟と謳《うた》われた。

・◇・・・

春の盛りの陽光に照らされて、色彩豊《しきさい》かな瑞郷天《ずいきょうてん》は極楽《ごくらく》さながらの美しさを呈《てい》している。

五羽の雛鳥《ひなどり》を背に乗せて飛行する嵐《ラン》は、銀砂を含《ふく》む薄桃色《うすももいろ》の霞《かすみ》を通り抜《ぬ》け、大きく羽ばたいた。石柱の天辺《てっぺん》に降り立つと、五羽の弟妹《ていまい》と甥姪《おいめい》はふわふわの羽毛《うもう》を纏った雛鳥から幼児へ姿を変え、きゃあきゃあ声をあげて駆《か》けていく。

「石柱の端《はじ》っこに行ったらだめだぞ、みんなから兄上が見えるところで遊んでくれ」

「ウン！」

「はーいっ」

嵐は五人が近くにいることを確認《かくにん》し、人の姿に変容した。光風が吹《ふ》いて、後頭部の高い位置で束ねた亜麻色《あまいろ》の髪《かみ》や、髪と一体化した鷲《わし》の羽が揺《ゆ》れる。柔《やわ》らかな草の上に寝転《ねころ》がった嵐は、中天を過ぎた日輪を金色の瞳《ひとみ》の端に映した。

上級の軍鳥《いくさどり》である両親や兄姉たちは武将鳳凰とともに軍場《いくさば》へ行っているから、幼い家族を守るのは嵐の大事な役目だった。雛鳥たちは可愛《かわい》くて、日々の遊び相手も楽しいけれど、今日ばかりは上の空になる。夕刻には父親と長兄《ちょうけい》と姉が帰還《きかん》する予定になっていた。

『軍場に行かせてください！　おれも瑞郷天のために戦えます！』

父親と兄姉に強く訴《うった》えたのは七日前のことだった。これまでにない真剣《しんけん》さと気迫《きはく》に、父親たちは嵐の覚悟《かくご》を感じ取ったはずだ。大将鳥を輩出《はいしゅつ》する鷲の名門に生まれながら、十七歳になっても初陣《ういじん》を経験できていないのはあまりにも悔《くや》しい。ひとつ年下の弟ですら戦っているというのに——。

多種多様な禽鳥《きんちょう》が棲《す》む瑞郷天は巨大《きょだい》な石柱群から成る。たなびく雲霞《うんか》の中に稜々《りょうりょう》と聳《そび》え立つ石柱の数は四千とも五千とも言われ、天穹《てんきゅう》を突《つ》くほど高いそれらは人間が発明した尺度では測れない。

嵐が属する鷲の一門は、下界について——石柱群の底に広がる人間界について、激戦を生き抜いた長老たちから話を聞くことが慣習となっていた。

『朱真《しゅじん》鳳凰さまが瑞郷天を統《す》べられておるように、下界は皇帝《こうてい》なる者が国と民《たみ》を治めておってな、都や村里や田畑がある。その先の荒野《こうや》のまだ向こう、昼中でも薄暗《うすぐら》い森を抜け暴風吹き荒《すさ》ぶ奇岩《きがん》地帯を越《こ》えて、人間は初めて石柱群の底に辿《たど》り着くことが叶《かな》う』

『古来、許多《あまた》の人間が石柱の天辺を目指し、森あるいは奇岩地帯でことごとく落命した。たとえ運よく石柱群の底に辿り着けたとしても、瑞郷天と人界のあいだには厚い雲海が垂れこめ、人間には見えぬ境で隔《へだ》てられておる。人々は越境《えっきょう》できぬ場所を神仙界や仙境《せんきょう》と呼び、そこに棲む五種の瑞獣《ずいじゅう》を〝清廉《せいれん》なる神々の使い〟と崇《あが》めておるのじゃ』

幼鳥だった嵐は物語に聞き入り、生涯《しょうがい》一度も降りることのない下界に思いを馳《は》せた。しかし話を終えた長老たちが去ると、兄姉や従兄弟《いとこ》は酒盛りを始めて口々に言う。

『瑞獣は神の使いだが清くはないね』

『俺たちよりよっぽど俗気《ぞくけ》が強い。でも、それでかまわねえんだ』

『品行方正・清廉潔白な鳳凰さまに仕えたってなんにもおもしろくねえからな、ハハッ』

従兄弟の胡坐《あぐら》の上に座って聞いた会話は、幼い嵐には理解できないものだったが、今なら少しわかる気がした。

瑞獣は好色で、戯《たわむ》れに人界へ入っては乙女《おとめ》や美青年と仮初《かりそ》めの交合を愉《たの》しむという。生娘《きむすめ》を仙境に攫《さら》って仔《こ》をなすことも極稀《まれ》にあると聞いた。大酒を食《く》らい香烟《たばこ》を喫《の》み、戦闘《せんとう》に明け暮れるそのさまは、凡《およ》そ清廉とは言いがたい。

青龍、鳳凰、麒麟、白虎、玄武――神仙界の瑞獣は拮抗《きっこう》した勢力で常に縄張《なわば》りを奪《うば》い合っていた。天地のはざまに存在する森羅万象、その元素を司《つかさど》る五瑞獣の大規模な争いは、嵐《あらし》や旱魃《かんばつ》や洪水《こうずい》などの天災となって人界へ及《およ》び、またあるときは慈雨《じう》や新緑の芽生え、七色の虹蜺《こうげい》に姿を変えて人々を慰《なぐさ》める。

遠く離《はな》れた神仙界と人界は、それでいて深い関《かか》わりがあった。

「今の軍場はどんなところだろう……」

嵐は折々に想像する。黄金の鎧を輝かせる武将鳳凰、銀の鎧に身を包み武器を操《あやつ》る猛禽類《もうきんるい》、銅の鎧を着て小さな弓矢を携《たずさ》える雀《すずめ》たちが、武装した白虎の一族と戦う風景を。

出陣の経験はなくても、縄張り争いの最前線が苛烈《かれつ》を極《きわ》めた場所であることは充分《じゅうぶん》に理解している。歳《とし》の離れた兄姉の戦死を聞き、幼鳥のころは悲しくて怖《こわ》くて泣いていた。

でも今は違《ちが》う。

戦え、縄張りを広げるために。戦え、瑞郷天を守るために——猛禽類に植えつけられた戦闘の本能が日を追うごとに強くなっていた。

出陣を何度願っても父親が頑《かたく》なに許さない理由はひとつ。嵐が鷹とは思えないほど小柄《こがら》だからだ。

「身体《からだ》が小さいことのなにがだめなんだ？」

元来、猛禽類は雄《おす》より雌《めす》のほうが身体が大きい。一門で最も長躯《ちょうく》なのは父親でも長兄でもない、姉の斬《ザン》である。

それに、嵐は小柄を補うために獣肉《じゅうにく》や果実を多く食べ、皆《みな》が眠《ねむ》った夜に起きて身体を鍛《きた》えていた。袖《そで》のない袍服《ほうふく》から出ている両腕《りょううで》にも、腿《もも》にも、厚地の布を巻いている脛《すね》にも鍛錬《たんれん》の証《あかし》である筋肉がついている。

「あにうえーっ」

「兄上も一緒《いっしょ》に駆けっこしよ！」

だから加減を知らない弟たちがドスッと力いっぱい乗り上げてきても平気だった。

勢いをつけて立ち上がった嵐が「むんっ！」という声とともに力を入れて肘《ひじ》を曲げると、引き締《し》まった二の腕《うで》がぐっと盛り上がる。雛鳥たちは大きな瞳をきらきらさせた。

「わー、兄上、ちからこぶー」

「すごーい！」

「だろ？　よしっ、みんないっぺんに持ち上げてやる！　おりゃー」

嵐は妹を肩車《かたぐるま》に乗せ、左右の腕にふたりずつつかまらせてぐるぐるまわった。

キャアキャア笑う弟妹や甥姪は一門の誰《だれ》よりも嵐に懐《なつ》いている。両親と過ごす時間が少ない雛鳥たちを絶対に寂《さみ》しがらせたくないという思いもある。

しかし、やはり軍場に出たかった。近ごろ理由もなく苛立《いらだ》つようになったのは、戦闘の本能が満たされていないからだろう。

今夜、帰還した父親に、幾度《いくど》となく願ってきた初陣をまた願い出る。それでも許されないときは、ほかの鷲の一門を頼《たよ》ってでも――考えを巡《めぐ》らせたとき、肩に乗っている妹が天を指さした。

「あにうえ、お空っ、みて！」

「あっ、帰ってきた……！」

遥《はる》か遠方に帰還団が見えた。猛禽の視力は瑞郷天一だから、飛翔《ひしょう》する姿がまだ豆粒《まめつぶ》ほどに小さくても父親たちだとはっきりわかる。雛鳥たちは元気いっぱい飛び跳《は》ね、「父上！」「ははうえーっ」「おかえりなさい！」と手を振《ふ》った。

「おれたちも屋敷《やしき》に帰ろう、みんな乗って」

「はぁい！」

嵐は急いで鷲に変容すると、五つの丸いふわふわが背に乗ったことを確認して大きく羽ばたいた。

屋敷の留守を預かる者が総出で父親や叔父《おじ》たちを迎《むか》え、狩《か》ったばかりの新鮮《しんせん》な獣肉を皆で食べ、水浴びを終えて雛鳥たちを寝《ね》かしつける宵《よい》――。

「あにうえは、わたしと手をつないでねるのよ」

「ちがう。兄上と手をつなぐのは、ぼく」

「だめ！　やくそくしたもん！」

「ちがうって言ってるだろ。ぼくが先にやくそくしたんだから」

誰が嵐の隣《となり》で眠るかを巡って喧嘩《けんか》が始まり、弟に言い負けた姪《めい》がワァーッと泣きだした。

これはほぼ毎夜の風景で慣れきっているため嵐は少しも焦《あせ》らない。

「泣かなくていいよ、ほら、まだこっちが空いてる。鷲になったらみんな一緒に眠れるんじゃない？」

眠りかけているふたりの妹を左腕《ひだりうで》で抱《だ》き、右手で敷布《しきふ》をぽんぽんと叩《たた》くと、言い合いをしていた弟と姪はもこもこの雛鳥《ひなどり》に変容してくっついてくる。

「兄上、おひさまのにおいするね」

「ウン。いいにおいー」

喧嘩を忘れて仲よくする二羽のふわふわを、嵐は優《やさ》しく撫《な》でた。

瑞郷天の猛禽は親族も合わせて大きな群れを形成することが多い。

父親の一門も三十羽ほどの鷲《わし》が屋敷に出入りしている。兄弟姉妹も従兄弟も関係なく、自分より年嵩《としかさ》の者を「兄上」「姉上」と呼ぶ習慣があった。

「ねえ兄上、またおそと行く？」

「駆《か》けっこしたいっ、今日ちょっとしかできなかったから！」

「うん、そうしよう。次は、兄上より早く寝た仔だけ連れて行こうかな！　兄上は目を閉じて五秒で寝るぞー。じゃあ、おやすみ！　ぐーっ、ぐーっ」

嵐はときどきこうして寝たふりをする。空寝と気づかない雛たちは「エーッ！」と驚《おどろ》いて、我先にとまぶたを閉じる。

最後の雛鳥が「ぷぅ……」と寝息を立てはじめたと同時に扉《とびら》が静かに開き、長躯の影《かげ》が落ちてきた。

「ちびはみんな寝たか？」

「姉上」

嵐より十年嵩《としかさ》の斬《ザン》は一門最強の軍鳥《いくさどり》で、朱真鳳凰《しゅじんほうおう》の南斗《なんと》后輝《こうき》から黄金の偃月刀《えんげつとう》を譲《ゆず》り受け、軍場《いくさば》では偃月刀大隊を率いている。夫婦《ふうふ》ともに大将の位にあり、産んだ卵を嵐たちに預けて軍場へ向かうほどの豪傑《ごうけつ》だった。

斬は束ねている長い髪《かみ》と羽を揺《ゆ》らし、短く言う。

「父上と兄上がお待ちだ、広間へ行くよ」

「はい」

わずかな緊張《きんちょう》を覚える。弟たちが寝るのを待って父親のところへ行くと決めていたが、呼び出されるとは思っていなかった。

一門全羽が集まったり大将鳥が軍議を開いたりする広間へ入ると、上座に父親の雷厳《らいげん》が、左手に長兄《ちょうけい》の剛《ゴウ》が胡坐をかいていた。斬が右手に座り、嵐は雷厳の正面に端座《たんざ》する。向かい合って座る四人の中央には磨《みが》き上げられた銅製の鎧《よろい》がひとつあり、燭台《しょくだい》の灯火を反射していた。

どきどきと胸が高鳴る。

銅の鎧は小ぶりで、ここにいる者の中では嵐しか纏《まと》うことができない。それに雷厳も剛も斬も大将鳥で、自身の名が刻印された銀の鎧を持っている。

真新しい鎧が置かれている理由はなんなのか――期待の籠《こ》もった金色の瞳《ひとみ》でまっすぐ見つめると、口髭《くちひげ》を蓄《たくわ》えた父親は「ごほん」と咳払《せきばら》いをして言った。

「嵐。初陣《ういじん》だ」

「ほっ、本当ですか！　ありがとうございます！」

「身分は見習いだが軍場で戦うことに変わりはない。明朝、斬について陣営へ向かえ」

「はい!!」

待ち望んでいた言葉が聞こえて思わず前のめりになる。広間にこだまするまでの大声をあげてしまい、剛が眉間《みけん》に皺《しわ》を寄せた。

七日前、これまでにない真剣《しんけん》さと覚悟《かくご》を持って雷厳たちに『軍場に行かせてください！』と訴《うった》えた。思いがようやく届いたのだ。高揚《こうよう》が抑《おさ》えられない。嬉《うれ》しくて嬉しくて、人の姿なのに飛翔できそうだった。

満面に笑《え》みを浮《う》かべる嵐を見た雷厳が、ふたたび「ごほん、ごほん」と大仰《おおぎょう》に咳払いをして口髭を動かした。

「嵐は明日より鶃己《げいき》神将の一時的な側仕《そばづか》えとなる。至上の誉《ほま》れだ、心して務めよ」

「えっ……!?」

父親の口から出たその名に驚愕《きょうがく》する。あまりにも驚いて、弾《はじ》けんばかりに膨《ふく》らんでいた喜びが萎《しぼ》むほどだった。

白金鳳凰・鴉己——黄金に輝《かがや》く弓を携《たずさ》え、放つ矢はかつて一度も外したことがないという、弓箭《きゅうせん》兵団の長。瑞郷天で最も美麗《びれい》と謳《うた》われる彼の名を知らない禽鳥《きんちょう》はいない。

たしかに鴉己神将は煌《きら》びやかな鳳凰の一族のうちでもひときわ美しいと思う。長い尾羽《おばね》や冠《かん》羽《う》に、白金、薄紅《うすべに》、黄、紫《むらさき》、碧《みどり》を有する白金鳳凰が、金の砂子を舞《ま》わせながら飛翔しているところを見たことがあった。

　しかし、大きな存在感を放つ鴉己神将には話の種や噂《うわさ》が多くある。

仙将、瑞将《ずいしょう》、天将、神将——瑞獣《ずいじゅう》に与《あた》えられる階級のうち、彼が瑞将から最高位の神将へ一気に栄進したのは有名な話で、つい最近も、九つある玉座のひとつを与えられたのに、即座《そくざ》に辞したことが大衆鳥のあいだでずいぶん話題になった。叔父や兄たちも酒を呑《の》みながら『鴉己神将はなんで玉座を蹴《け》ったんだ？』『もったいねえ』『軍場に行けなくなるからじゃないか？』と口々に言っていた。

　軍場でしか武器を持たず、派手な衣服を好み、いつも異なる美鳥の匂《にお》いを纏っていて、一夜に三、四羽の遊君を抱くという噂。鴉己神将の巣は青楼《せいろう》街にあるとまでささやかれている。

　瑞獣は好色と聞くが、度が過ぎているのではないだろうか。そんな淫蕩《いんとう》で変わり者の鳳凰の側仕えなんかしたくない。

「父上。あの、おれ——」

「鴉己神将はこれまで側仕えを置かれたことがない。その御方《おかた》の一時的な側仕えになれたのは、斬が南斗后輝さまにお願い申し上げ、南斗后輝さまが御《お》口添《くちぞ》えくださったからだぞ。身に余る光栄だ。嵐、おまえは非常に貴重でありがたい初陣を迎えるのだぞ、っ……」

父親は話しながら感極《きわ》まったらしく目頭《めがしら》を押さえたが、嵐はそのありがたさが今ひとつわからなかった。

「おれ、父上か兄上か姉上に付いて戦いたいです」

言うなり、雷厳と剛は揃《そろ》って太い眉《まゆ》を吊《つ》り上げる。

「この罰当《ばちあ》たりめ！」

「ばかを言えっ。即死《そくし》するぞ！　隼《はやぶさ》ほどの矮小《わいしょう》な身で白虎《びゃっこ》や青龍《せいりゅう》の巨体《きょたい》に敵《かな》うわけがないだろう！」

隼や鷹《たか》の狩り仲間が多い嵐は、剛の言葉にむっとして言い返した。

「兄上、隼をばかにするような言いかたはやめてください。彼らは誰《だれ》よりも速く飛ぶ素晴《すば》らしい猛禽です」

「とにかく！　ただの禽鳥に過ぎないおまえのために南斗后輝さまが取り計らってくださったのだ、これ以上ない誉れであることを胸に刻み、鴉己神将を命懸《いのちが》けでお守りしろっ！　無礼な真似《まね》をしたら二度と軍場に出られないようにしてやる、屋敷《やしき》に閉じ込めるからな、肝《きも》に銘《めい》じておけ！」

「ぐぅ……」

妙《みょう》に怒鳴《どな》って早々に話を終わらせた長兄、うむうむとうなずきながら口髭をいじる父親、瞳を半開きにしたあきれ顔の斬——嵐は彼らの魂胆《こんたん》を察知した。

初陣前から瑞獣の側仕えなど、どう考えても不自然だ。

父親たちは、最も名高い武将鳳凰に「役立たず」と引導を渡《わた》してもらい、嵐に軍鳥《いくさどり》になることを諦《あきら》めさせるつもりなのだろう。

息子《むすこ》が目論見《もくろみ》に気づくなどとは微塵《みじん》も思っていない雷厳は、みたび咳払いをした。

「嵐、しかと生き延び、側仕えに励《はげ》むのだぞ！」

「はい」

「斬、よろしく頼《たの》む」

「わかりました。嵐を休ませます。失礼します」

雷厳に促《うなが》された斬は銅の鎧をつかんで嵐に渡し、立ち上がる。

嵐は斬とともに広間を出て、板張りの長い廊下《ろうか》を歩いた。

「今夜は私が雛の部屋で寝《ね》るよ。嵐は自分の部屋で休みな。起きるのはいつもと同じ時間でいい。充分《じゅうぶん》間に合う。気が逸《はや》ってるだろうけど早く寝るんだよ。戦闘《せんとう》技術がないうちは体力だけが物を言うからね」

「はい。おやすみなさい」

親鳥代わりに昼夜幼い弟妹《ていまい》たちと過ごしてきた嵐が自室でひとりになるのは数年ぶりのこと

だった。ぷぅ…ぷぅ…という可愛《かわい》らしい寝息が聞こえない静かな部屋は少し寂《さみ》しい。しかしそれ以上に心が勇み立つ。

――絶対に諦めないぞ。見習いなんかで終わるもんか。おれは軍鳥《いくさどり》に、いや、大将鳥になるんだ。

幾度《いくど》となく軍場の風景を想像した。夜ごと鍛練《たんれん》し、体力をつけてきた。役立たずなどとは言わせない。軍鳥になるために鬼鳥己神将を守る。そして必ず認めさせてみせる。

鎧は磨くところが残っていないほどぴかぴかに輝いているが、嵐は布地でひと磨きし、枕元《まくらもと》に置いて眠《ねむ》った。

夢を見ないままぱちっと目を覚ますと、青みがかった薄闇《うすやみ》が広がっていた。

瑞郷天の朝は早い。多くの禽鳥が夜明け前から活動して昼下がりには仕事を終え、茜空《あかねぞら》を飛んで巣へ帰る。青楼街に棲《す》む遊君たちや、夜行性の梟《ふくろう》や木菟《みみずく》が宵《よい》を待って動きだす。

嵐は普段《ふだん》と同じように起床《きしょう》し、身体《からだ》を大きく伸《の》ばした。

自室の窓を開けて、白みつつある東の空を眺《なが》める。

「出陣《しゅつじん》、だ――」

巨大《きょだい》な瑞獣同士がぶつかり合い猛禽《もうきん》と猛獣《もうじゅう》が嚙《か》みつき合う血戦の只中《ただなか》に何日もいては身が持たないため、軍鳥《いくさどり》たちは交代で帰還《きかん》と出陣を繰《く》り返していた。

仙将、瑞将、天将、神将――瑞獣は階級が上がるほど軍場《いくさば》に留《とど》まる日数が長くなる。鴉己神将は最高位だから十日ほどだろうか。今日から一時的な側仕えになる嵐も同じだけ留まることになるだろう。

「おれだって何日でも戦える……よしっ、やるぞ」

心身を清め気合いを入れるために水浴びをおこなった。初陣《ういじん》を迎《むか》えるときに着ようと、大事に取っておいた真新しい袍服《ほうふく》と下衣を身につけ、脛《すね》に厚地の布を巻く。

緊張《きんちょう》しはじめているが食欲《しょくよく》はある。斬の『体力だけが物を言うからね』という言葉を思い出して獣肉と果実をもりもり食べた。

亜麻色《あまいろ》の髪《かみ》を後頭部の高い位置で束ね、鎧《よろい》を持って庭園へ出た嵐は、美しい朝焼けに目を細めた。

「眩《まぶ》しい――」

今まさに昇《のぼ》りはじめた日輪の光と、髪や頬《ほお》を撫《な》でていく凜《りん》とした空気が、初陣を祝してくれているように感じられた。

庭園には軍場へ向かう叔母《おば》や兄たちが集まり、彼らの仔《こ》が幼児や雛鳥《ひなどり》の姿でじゃれ合っている。嵐はいつも雛鳥と一緒《いっしょ》に見送る側《がわ》に立っていたが、今日は違《ちが》う。朝陽《あさひ》を受けて輝く鎧を纏《まと》うと、じっと見てきている姪《めい》たちに両手を広げて訊《たず》ねた。

「どう？　似合ってる？　格好いい？」

「ウン、かっこいいー！」

「でも、父上や母上のよろいは、きれいな銀と青よ。兄上はちがうの？」

「見習いだから銅製なんだって。でも、鎧を着られただけでもすごく嬉《うれ》しいよ。人に変化したり鷲《わし》に戻《もど》ったりしたら身体に合わせて鎧の大きさも変わるらしいけど、本当かな？　こんな硬《かた》いのに？」

　鎧や武器の製造・洗浄《せんじょう》・修理を行う鎧甲衙門《がいこうがもん》。そこで作られた正規の鎧には神仙《しんせん》の力が宿り、変形自在を可能にするという。

　そう聞いてもあまり実感がない。こんこん、と鎧を叩《たた》いたとき、嵐の脛に弟と甥《おい》がしがみついて泣きだした。

「あにうえ……いかないで……」

「びゃっこ、こわいよ。あにうえ、しんじゃう……」

「ははっ、死なないよ、大丈夫《だいじょうぶ》」

　しゃがんだ嵐は慣れた手つきで弟たちの涙《なみだ》と洟《はな》を拭《ぬぐ》う。

「父上や母上みたいに屋敷と軍場を行ったり来たりするんだ。絶対に帰ってくるよ。また遊びに行く約束しただろ？」

「ウン。やくそく、した！」

「駆《か》けっこするの！　わすれないでね」

「もちろん。帰ってきたら遊ぼうな！」

くっついてくる弟と甥を抱《だ》きしめると、ほかの雛たちも「ずるーい！」と駆け寄ってきて、もみくちゃになって抱き合う。

そうして皆《みな》で天空を見上げた。隊列を組んで飛行しているのは出陣団だ。出陣団に合流するため、叔母や兄たちが飛翔《ひしょう》する。銀に青色の装飾《そうしょく》が施《ほどこ》されている鎧を着た斬が言う。

「出発だ、ついてきな」

「はいっ」

変容すると、銅製の鎧が鷲の身体に合わせて収縮し形を変えた。

「行ってくる！　みんないい仔にしてろよ！」

「ははうえ、あにうえっ、早くかえってきてね！」

「白虎《びゃっこ》に負けないで！」

ぴょんぴょん跳《は》ねながら手を振《ふ》ってくる雛鳥たちに、嵐はくるんと一回転して応《こた》え、出陣団の最後尾《さいこうび》に加わった。

清らかな朝陽に包まれた瑞郷天は溜《た》め息が出るほど幻想《げんそう》的で美しい。

雲海は流れ去り、薄桃色《うすももいろ》の霞《かすみ》の中で銀砂が煌《きら》めいている。

嵐は、鳳凰《ほうおう》の城や衙門や青楼《せいろう》街がある瑞郷天の中枢《ちゅうすう》に興味が湧《わ》かず、温かな日輪の光を浴びながら石柱群を飛び巡《めぐ》るのが好きだった。四千も五千もあると言われる石柱、その天辺《てっぺん》の様子はじつにさまざまで、見ていて飽《あ》きることがない。

連なる瓦《かわら》屋根を越《こ》えて中枢を離《はな》れると甘い香《かお》りが漂《ただよ》ってくる。

桃《もも》や柘榴《ざくろ》、杏《あんず》、無花果《いちじく》に枇杷《びわ》、梨《なし》、李《すもも》、山葡萄《やまぶどう》——石柱ごとに異なる花実をつけている果樹林は天然のものではない。獣肉を忌避《きひ》し仙果しか口にしない鳳凰の一族のために、鶯《うぐいす》や雲雀《ひばり》たち小鳥が栽培《さいばい》しているものだった。

鳳凰になくてはならない梧桐《あおぎり》だけが繁茂《はんも》する石柱も数多く点在し、専門の禽鳥《きんちょう》たちが欠かさず手入れをしている。

瑞郷天の階級構造は幼鳥でもわかるほど明確だった。鳳凰の一族を頂点に、鶴《つる》や孔雀《くじゃく》や錦鶏《きんけい》などの公卿《くぎょう》鳥、軍鳥や番兵鳥を担《にな》う猛禽類《もうきんるい》がおり、その下に白鷺《しらさぎ》や白銀の烏《からす》などの美鳥、大衆鳥と呼ばれる多種多様の鳥がいる。

瑞郷天に棲むすべての禽鳥が鳳凰のために働き、鳳凰の一族は禽鳥たちのために瑞郷天を守護し、縄張《なわば》りを広げていく。同じ営みが数万年ものあいだ連綿とつづけられてきた。

「あっ、……おぉーい！」

軍鳥たちが次々と出陣団に合流する。その中に狩《か》り仲間の鳶《とび》や鷹《たか》を見つけた嵐は、ばさばさと翼《つばさ》を大きく振った。

「よぉ！　嵐じゃねえか」

「ついに初陣か？」

「そうなんだ！　父上に頼《たの》みつづけて、やっとだよ！」

嵐と同年輩《どうねんぱい》の彼らはすでに銀の鎧を纏い、香烟《たばこ》をくわえている者もいる。

「よかったな、……って、なんだよその鎧の色は？」

「じつは見習いの身分でさ。でもすぐみんなと同じ銀の鎧を着るようになるからな！」

「おう、死ぬなよ！」

「狩り仲間が初陣で戦死なんか情けなくて誰《だれ》にも言えねえぜ」

「わかってるって！」

久しぶりに会った狩り仲間と雑談を交《か》わしながら飛行する。

このあたりは白滝《しらたき》や碧渓《へきけい》の流れる石柱が多い。水浴びが不可欠な禽鳥にとって水源はなにより大切なものだった。ここから南西へ飛べば、嵐たちの狩りの穴場がある。

瑞郷天が〝極楽のごとく美しい〟と謳《うた》われるのは、一年の半分以上が春で時季を問わず彩《いろど》り豊かな花々が咲《さ》き、さまざまな仙果が結実するからだろう。夏と秋も穏《おだ》やかだった。

しかし、冬は短くも非常に厳しい。

雪風が吹《ふ》き荒《すさ》び草花が枯《か》れ果てる約二十日間は、過ごしかたを誤れば命を落とす危険もあった。ほとんどの禽鳥が巣に籠《こ》もって冬眠《とうみん》し、鷲や梟、白鳥や鷺《さぎ》など、寒さに強い極一部の禽鳥だけが温水の湧く泉を頼《たよ》りに厳冬を乗り越える。

父親の一門は雪に覆《おお》われた瑞郷天の巡邏《じゅんら》を担っていた。嵐も幼鳥のころは冬眠していたが、近年は起きて越冬《えっとう》することが多い。

——そういえば……おれ、冬にも鶂己神将を見たような……。

二年前の冬、ほんのわずかの晴れ間に外へ出た。

そのとき遥《はる》か遠方に金の砂子を舞《ま》わせながら飛翔する白金鳳凰を見た。瑞獣《ずいじゅう》が冬眠していないことにひどく驚《おどろ》いたが、あれは鶂己神将だったかもしれない。

鳳凰はひときわ寒さが苦手で、官吏《かんり》鳥たちに休みなく火炉《かろ》に薪《まき》を焼《く》べさせ、熱の籠もった部屋で過ごすと聞く。

冬の蒼空《そうくう》を翔《か》ける白金鳳凰が本当に鶂己神将だったなら、いよいよ変わり者の印象が強くなる。与《あた》えられた玉座を即座《そくざ》に辞したことも、青楼街に巣があるという噂《うわさ》も然《しか》り——彼は、嵐たち大衆鳥が抱《いだ》いている鳳凰像から外れているように感じられた。

嵐は狩り仲間に挨拶《あいさつ》して離れ、前のほうを飛んでいる斬に追いついて訊ねた。

「姉上。……鶂己神将って、どんな御方《おかた》？　怖《こわ》い？　父上や兄上みたいによく怒《おこ》る？」

「いいや。怖くないし怒らないよ、いつも笑ってる。私よりひとつ歳若だから二十六か。つかみどころのない御方だが、とにかく強い」

「姉上が言うなら相当だね……矢を外したことがないって、本当？」

「私は矢を外したところを見たことがない。瑞郷天一って言われてるあの美しさに惹《ひ》かれる大衆鳥は多いだろうけど、軍鳥《いくさどり》はみんな、鵼己神将が残虐《ざんぎゃく》なくらいの強さを持ってるから付いていってる。神仙界に君臨し万物《ばんぶつ》の元素を司《つかさど》るんだ、どの禽獣《きんじゅう》よりも大きくて屈強《くっきょう》じゃなきゃ、瑞獣に生まれた意味ないね」

斬の話に、嵐は深くうなずく。

瑞郷天で必要とされるのは美麗《びれい》で清廉《せいれん》な鳳凰ではない、気性《きしょう》の荒《あら》い猛禽類を率いて戦闘《せんとう》の先《さき》駆《が》けを担える冷徹且《れいてつか》つ豪勇《ごうゆう》な武将鳳凰だ。

鳳凰同士で番《つが》えば〝朱真鳳凰《しゅじんほうおう》〟と呼ばれる純血の雛が生まれる。

しかし雌《めす》の鳳凰の数が少ないうえ、卵の中で雛が形成される前に外殻《がいかく》が割れたり腐敗《ふはい》したりする悲運があとを絶たない。

瑞郷天を守護し縄張りを広げられる優等な一族を増やすため、雄《おす》の鳳凰は猛禽《もうきん》や渉禽《しょうきん》の雌鳥《めんどり》と交尾《こうび》し、朱色《しゅいろ》の卵を産ませる。孵化《ふか》した雛は鳳凰であることが自然だが、極稀《まれ》に瑞獣の力を持たない雛が生まれることもあるという。

一族には、純血と朱色の羽衣《うい》を持つ朱真鳳凰のほか、禽鳥とのあいだに生まれた金鳳凰、白金鳳凰や白鳳凰、淡青《たんせい》鳳凰、銀鳳凰がいる。そして千年に一度、黒鳳凰が生まれ落ちて瑞郷天を滅亡《めつぼう》させるという不吉《ふきつ》な伝承があった。

『極楽《ごくらく》のごとく美しい瑞郷天を妬《ねた》んだ玄武《げんぶ》や白虎が広めた虚言《きょげん》だ』と、禽鳥たちのあいだで笑い種《ぐさ》と化していた黒鳳凰の伝承は現実に――半分だけ現実になったと嵐は思う。

　朱色の卵を集めて孵化させ、鳳凰の雛を育てる育雛衙門《いくすうがもん》。そこで孵《かえ》った黒い雛鳥《ひなどり》は、即座に殺《あや》められるところを一羽の美しい小鳥の手で逃《に》がされ、密《ひそ》かに育てられた。突如《とつじょ》、巨大《きょだい》な純黒の鳳凰となって瑞郷天を恐怖《きょうふ》に陥《おとしい》れたものの、現在は天将の地位を得て縄張り争いの最前線を翔けている。

　その黒鳳凰・烈《れつ》の処遇《しょぐう》に、鴉己が深く関《かか》わったという噂も聞くが――。

「戦闘が小休止になって陣営《じんえい》に戻《もど》ったら、できるだけ人の姿を維持《いじ》するんだよ」

「どうして？」

　嵐は自身に関係のない噂を忘却《ぼうきゃく》して斬の話に聞き入る。

「疲《つか》れた武将鳳凰が肩《かた》に止まってくる場合があるからだ。まぁ、疲れてるのは私たちも同じなんだけどね、瑞獣さま相手に文句は言いにくい」

　鶴、孔雀など公卿鳥や、猛禽と渉禽は変容する力を有し、雀《すずめ》や鶯、燕《つばめ》、鴨《かも》を始めとする数多《あまた》の小鳥や大衆鳥は人の姿を持たない。

　鳳凰だけが、本来の巨大な瑞獣の姿、誰かの肩に乗るための小獣、人の姿と、〝三形貌〟を自在に使い分ける。

そして、俗気《ぞくけ》の強い鳳凰にも逃《のが》れられない瑞獣の習性があった。

趾《あし》が地につき穢《けが》れることを忌《い》み嫌《きら》う彼らは梧桐にしか止まらず、特定の者の肩に乗ることを好む。誤って土に触《ふ》れた趾をみずから切り落とした鳳凰もいると聞く。裸足《はだし》で過ごすことが多い嵐には到底《とうてい》理解できないことだった。

「軍鳥が武将鳳凰の止まり木になるの？　ま、まさか〝仙華一枝《せんがいっし》〟っていうのじゃないよね……？」

「違《ちが》うよ、ただ疲れてるから止まるだけだ、特別でもなんでもない」

〝仙華一枝〟とは鳳凰たちの特別な止まり木のことをさす。

『我の止まり木となれ』――鳳凰に選ばれた禽鳥は、地の穢れを嫌う彼らのために人の姿を維持する必要があった。そうして轎《かご》代わりとなり、求めに応じて閨《ねや》をともにする。一羽の鳳凰が仙華一枝を独占《どくせん》することも稀にあるが、三、四羽で共有するのが通常だった。

瑞郷天の禽鳥にとって仙華一枝になることは最上の名誉《めいよ》とされる――嵐にはまったく縁《えん》のない話だが。

「鴉己神将が誰かの肩に止まってるところなんか見たことないけどね。ほかの武将鳳凰が止まってきても慄《おのの》くなよ、それは無礼になる。嵐は『うわーっ』とか叫《さけ》んであたふたしそうだからね、先に言っておく」

「叫んだりしないよ……気をつける。姉上は肩に止まられたことあるの？」

「ある。そういうときは慌《あわ》てずに、どこへ行きたいかを鳳凰に訊《き》くんだ。だいたい水浴び場か自分の天幕って答えるから、ゆっくり歩いて連れて行けば問題ない」

「うん……わかった」

「ここから休みなしで長く飛ぶ。帰りも同じ行程だ、体力を残しておくんだよ」

「はい」

出陣団の飛行速度が上がる。

銀砂を含《ふく》む薄桃色《うすももいろ》の霞《かすみ》が早々に消え、花実の黄色や紫《むらさき》、草木の緑や茶色が減っていく。

「……」

朝からわずかに緊張《きんちょう》していたが食欲《しょくよく》はあり、獣肉《じゅうにく》や果実を多く食べた。久しぶりに会った狩り仲間とも楽しく話した。さっきまで平気だったのに。色彩《しきさい》が乏《とぼ》しくなる様子を金の瞳《ひとみ》に映した嵐は心許《こころもと》なさを覚えた。

「間もなく陣営！」

先頭を飛ぶ隼《はやぶさ》がよく通る鳴き声とともに報告する。

二時間近く飛びつづけると風景が完全に変わり、やがて濃淡《のうたん》の異なる墨《すみ》で描《えが》いたような世界になった。

大規模な陣営は手前側に広場があり、奥に大小さまざまの天幕が並んでいる。人の姿になって降り立つ武将鳳凰や軍鳥もいれば、禽鳥のまま羽ばたいて持ち場へ向かう者もいた。斬と嵐は人に変容しながら着地する。

「鴉己神将は軍議用の大天幕におられるはずだ」

斬は慣れた足取りでどんどん進んでいく。嵐は落ち着きなくあたりを見まわしてしまい、慌てて追いかけた。

庫《くら》から武器が運び出される金属音、飛び交《か》う大声、舞《ま》い上がる砂塵《さじん》——開戦直前の張りつめた雰囲気《ふんいき》に嵐は呑《の》み込まれた。

「嵐？　どうした？」

斬がわざわざ振《ふ》り返って訊《たず》ねるほど、己《おのれ》の表情が強張《こわば》っているのがわかる。憧《あこが》れつづけた軍《いくさ》場《ば》に辿《たど》り着いた喜びよりも不安が膨《ふく》らんでいく。

「なんでも、ない」

答えた声が震《ふる》えていた。斬は束ねた長い髪《かみ》と羽を揺《ゆ》らし、ニッと笑う。

「そんな暗い顔してたら天魔《てんま》王《おう》に魂《たましい》持ってかれるよ。戦闘が始まったら鬨《とき》の声や雄叫《おたけ》びに合わせて大声を張り上げろ、それで恐怖の半分くらいは吹き飛ぶ。初陣《ういじん》は死なきゃそれで勝ちだ、まわりの軍鳥たちも認めてくれる。負けんじゃないよ、嵐」

「……はいっ」

斬の力強い言葉に励《はげ》まされ、嵐はさっそく腹から大きな声を出した。

すれ違う金鳳凰や淡青鳳凰に向かって斬は軽く一礼し、畏《おそ》れ多くて直視しづらい嵐は深く頭を下げる。陣営に朱真鳳凰が一羽もいないのは、鳳凰の一族内にも明確な地位の差があるからだった。

朱真鳳凰は天帝《てんてい》や神々に祈《いの》りを捧《ささ》げ、宮殿《きゅうでん》で政務を執《と》り、禽鳥を母親に持つ鳳凰たちが軍場へ向かう。瑞獣《ずいじゅう》には二百年から三百年の寿命《じゅみょう》が与《あた》えられているが、縄張《なわば》りを巡《めぐ》る激闘《げきとう》の最中に若くして落命する者も少なくない。

「失礼いたします」

斬は出入り口に吊《つ》られた鈴《すず》をリンと鳴らして大天幕へ入り、嵐も緊張しながらあとにつづいた。

大天幕を支える中央の太柱は驚《おどろ》くほど高く、中は開放感を覚えるくらいの空間があった。机に広げられた地図に駒《こま》が幾《いく》つも載《の》っている。紫煙《しえん》が漂《ただよ》い、それは天井《てんじょう》へ行くほど濃《こ》くなる。軍議は終了《しゅうりょう》したようで、軍鳥が慌ただしく出入りし、黄金の鎧《よろい》を着た武将鳳凰たちは香烟《たばこ》を喫《の》んで話していた。

緊張が増していく。どく、どく、と胸が鳴る。

人の姿をとったとき髪と一体化する翼羽《よくう》は、長さや質量が個体の品位と優等をあらわすとされるが、四人の武将鳳凰は皆《みな》が長い五色の羽を持っていた。中でも最も目を引く白金色の髪の鳳凰に斬が声をかける。

「鵙己神将。失礼します、斬です」

「うん？」

呼びかけに武将鳳凰が振り向く。

その想像を遥《はる》かに上まわる絢爛《けんらん》さに嵐は息を呑んだ。

肩や腰《こし》へ流れ落ちる白金、薄紅《うすべに》、黄、紫、碧《みどり》の羽は美しく豊かで、同じ五色を有するまつげは恐《おそ》ろしく長い。

降り積もった白雪に佇《たたず》む水鳥を思わせる美貌《びぼう》。柘榴《ざくろ》石《いし》のような鮮《あざ》やかな赤い瞳。

そして、額には翼を広げた鳳凰にも大輪の蓮《はす》にも見える〝蓮花《れんか》印《いん》〟が——瑞獣の証《あかし》があった。

長煙管《ながギセル》をくわえる白金鳳凰・鵙己神将は、煙《けむり》がかった大天幕の中でひときわ強烈《きょうれつ》な煌《きら》めきを放っていた。

瑞郷天で最も絢爛美麗《びれい》と謳《うた》われるのがよくわかる。黄金の鎧の下に着ているのは戦闘《せんとう》装束だろうか、無地で簡素な衣服だが彼の麗《うるわ》しさは損《そこ》なわれることなく、むしろ際立《きわだ》っていた。

緊張で鼓動《こどう》が速くなっているのに、正体不明の胸の高鳴りが上乗せされる。

頬《ほお》を熱くして固まる嵐の隣《となり》で斬が冷静に一礼した。

「件《くだん》の見習いを連れて参りました。愚弟《ぐてい》にございます」

「なぁんだ、斬の弟かぁ」

鵙己神将は頓狂《とんきょう》な声を出し、悪戯《いたずら》っぽく笑う。

「おかしいと思ったんだ、南斗后輝がいきなり『若い猛禽《もうきん》を見習いとして預かってくれ』なん

て言いだすからさ。きみ、僕が南斗后輝の言いつけを断れないと知っていて、かの美君に頼《たの》んだな？」

「恐れながら。我が美君は快く聞き入れてくださいました」

「そりゃそうだろう、南斗后輝は昔から斬に甘すぎる」

笑い声とともに交《か》わされた会話から、鵐己神将と斬が軍場での顔馴染《かおなじ》みであることが窺《うかが》い知れた。

最初が肝心《かんじん》で、今日の働きによって将来軍鳥《いくさどり》になれるか否《いな》かが決まる。

目標は初陣で軍功を挙げること、そして鵐己神将に「役立たず」と言わせないこと——嵐は緊張を吹《ふ》き飛ばすように大きな声を出した。

「はじめまして！　おれは——」

「お初に御目《おめ》にかかります、私《わたくし》は」

「わっ、私は雷厳が第三十五仔《し》……」

「三十八仔」

言ったそばから斬に訂正《ていせい》されて、瞬《また》く間に気まずい雰囲気になる。

しかし鵐己は「あはは！」と軽快に笑った。

「それだけ多けりゃ誰《だれ》だってまちがうよ、三十五も三十八も変わらないな」

「厄介《やっかい》ごとを引き受けていただき、ありがとうございます。鵐己神将が無用と判断されたときは軍場の真ん中でもかまいませんのでお捨て置きください。愚弟の死骸《しがい》はのちほど私が回収します」

「相わかったー」

まったく身が入っていない適当な返事に愕然《がくぜん》とする。

先ほどの、嵐を鼓舞《こぶ》してくれた斬は幻《まぼろし》だったのだろうか。血を分けた姉とは思えない非情な言葉を残して大天幕を去ってしまった。

鴉己は駒が載った地図に視線を落とす。

長煙管から糸のような煙が立ち、白檀《びゃくだん》に似た不思議な薫《かお》りが漂ってくる。

「………」

嵐のほうから話しかけられるはずもなく、できることも見つけられず、ぽつんと置き去りにされた心細さを覚えた。軍鳥たちの会話や出陣直前の騒《さわ》がしさが遠のき、居心地《いごこち》の悪い沈黙《ちんもく》がおりてくる。

足と土のあいだに少しでも多くの隔《へだ》たりを確保したいからだろうか、鴉己はただでさえ長身なのに長靴《ちょうか》の踵《かかと》もかなり高く、小柄《こがら》な嵐は彼を見上げなくてはならなかった。

最後の武将鳳凰《ほうおう》と軍鳥が大天幕を出て行くと、鴉己は火皿に残った灰をトントンと落として長煙管を仕舞《しま》う。大型の矢筒《やづつ》を背負い、装飾《そうしょく》が施《ほどこ》された黄金の弓を持った。

「じゃあ僕らもそろそろ行こうか」

軽々しい言いかたに嵐は訝《いぶか》しむ。まるで物見遊山《ゆさん》へ向かうかのようだ。白金鳳凰と鷲《わし》に変容して陣営《じんえい》を飛び立ったあとも、鴉己は金の砂子を舞《ま》わせながら悠々《ゆうゆう》と羽ばたく。大勢の軍鳥と兵獣が対峙《たいじ》し、幾本もの細い煙が立ち上る戦線が見えてきたのに急ごうとしない。

しかし戦線から、ドォン……という爆裂《ばくれつ》音と開戦の鬨の声が聞こえた瞬間《しゅんかん》、のんびり飛んでいた鴉己が消えた。

「えっ……？」

前にも左右にもいない。嵐は驚いて真上を見る。そこにも白金鳳凰の姿はなく、金の砂子だけがきらきらと舞い落ちてくる。

突如《とつじょ》、敵方から絶叫《ぜっきょう》と怒号《どごう》が聞こえた。

「うわぁあっ！　鴉己だ……っ！」

「白金鳳凰、上空より奇襲《きしゅう》！　盾《たて》を上へ！」

にっと嗤《わら》う鴉己が急降下しながら次々と矢を放っているのが見えた。矢は盾の隙間《すきま》をすり抜《ぬ》けて兵獣たちの鎧を正確に貫《つらぬ》き、敵方の陣列《じんれつ》が乱れる。

わずか十数秒前までのらりくらりと飛んでいたのに。嵐は慌《あわ》てて鴉己を追った。

「ははは っ、盾など無駄《むだ》だ、命が惜《お》しければ退《ひ》け！　――烈っ、左方を崩《くず》せ！」

「おうよ！」

遅《おく》れて戦線へ突入《とつにゅう》した嵐の目の前が、一瞬、金と黒の二色だけになる。

「烈、天将——」

嵐は、金の鎧を纏《まと》う黒鳳凰・烈を初めて間近で見た。金緑色を帯びる黒い翼羽で覆《おお》われた体《たい》躯《く》はほかの武将鳳凰より大きい。

凶禍《きょうか》を喚《よ》ぶ黒鳳凰の伝承は神仙界《しんせんかい》じゅうに知れ渡《わた》っている。その気迫《きはく》と猛々《たけだけ》しさに敵方がざわめく。烈は鋭《するど》い嘴《くちばし》で狼《おおかみ》や豹《ひょう》に嚙《か》みついては投げ、黒翼で凄《すさ》まじい風を起こして兵獣たちを追い散らした。

「オラアッ！　小獣は引っ込んでろ！　白虎《びゃっこ》ども出てきやがれ！」

「烈が左方の隊列を崩したぞ！　皆でなだれ込めっ！」

鵄己の号令に軍鳥たちが「おう!!」と雄叫《おたけ》びをあげたとき、敵方の陣列が規則正しく割れ、黄金の塊《かたまり》があらわれた。

「出たっ！　潘茶羅《ばんだら》だ！」

「散れ！　上空へ！　潘茶羅が出たぞっ！」

キイッ、キイッ！　という猛禽たちの警戒《けいかい》の鳴き声が連なり、広い軍場《いくさば》じゅうに伝播《でんぱ》していく。

「なに、あれ——」

皆が潘茶羅と呼ぶのは、黄金の鎧《よろい》を纏った巨大《きょだい》な白虎だった。鳳凰以外の瑞獣を目《ま》の当たりにした嵐は激しく怖気《おぞけ》立つ。潘茶羅は巌《いわお》のような巨軀《きょく》の背に、二頭の兵獣と人の姿をした白虎を乗せていた。

「鴉己！　今日こそきさまの翼《つばさ》へし折ってくれるわ！」

「久しいな潘茶羅！　冬でもないのに冬眠《とうみん》していたのか？　ははは っ！」

安易な挑発《ちょうはつ》に引っかかった潘茶羅が牙《きば》を剝《む》き、巨体からは想像できないほどの速さで駆《か》けて禽鳥たちの陣列に突《つ》っ込んでくる。

武将鳳凰も軍鳥も、嵐も上空へ逃《のが》れる。そのとき、潘茶羅の背に乗った兵獣があり得ないほどの高さまで飛び跳《は》ね、嵐の眼前で軍鳥を嚙み殺した。

「うわぁっ……！」

「もっと上空へ飛べ！」

身軽な豹が次々と潘茶羅の背に立ち、高く跳躍《ちょうやく》して軍鳥に食いつく。潘茶羅の背に乗った男が矢を放って猛禽を射殺していく。

乱れ舞う夥《おびただ》しい羽根、雨のような鮮血《せんけつ》、墜落《ついらく》する軍鳥たち——縄張《なわば》り争いの最前線は瞬く間に大混乱に陥《おちい》った。

潘茶羅が呵々大笑《かかたいしょう》する。

「まるで蜉蝣《かげろう》のようだな！　尊若《そんじゃく》っ、一羽残らず射落とせ！」

「おもしろいほどよく当たりますよ！　目を閉じていても当たりそうだ、ふふっ……」

人の姿で潘茶羅の背に乗り、矢を放っているのは、尊若という名の白虎だった。嵐は恐怖《きょうふ》に震《ふる》える翼を必死に動かして鴞己に近づこうとした。

尊若と目が合ってしまう。尊若が嵐の心臓めがけて矢を放つ。迫《せま》りくる死に身を強張《こわば》らせたとき、横から黄金の矢が飛んできた。二本の矢は、キンッ！　と高い音を立てて衝突《しょうとつ》し、諸共《もろとも》に落下した。

「鴞己神将っ……！」

矢に貫かれることを免《まぬか》れた心臓がドクンドクンと激しく鼓動《こどう》する。

黄金の矢は鴞己が放ってくれたものだった。潘茶羅と尊若と豹たちの攻撃《こうげき》によって軍鳥の動きが鈍《にぶ》くなる中、朗々と響《ひび》く声で言う。

「翼なき者、恐《おそ》るるに足らず！　まずは僕が尊若を討《う》とう！」

不敵な笑《え》み、余裕綽々《よゆうしゃくしゃく》の高笑い——騒乱《そうらん》と極限の最中にあってもよく笑う鴞己は圧倒《あっとう》的な存在感をと輝《かがや》きを放っていた。

赤眼をかっと見開き、弓をきりきりと引き絞《しぼ》る。

美しくも残虐《ざんぎゃく》さを帯びた横顔に、嵐は見入る。

潘茶羅は素早《すばや》く動いたが無駄だった。黄金の矢は眩《まばゆ》い光を放ちながら尊若の喉元《のどもと》を貫いた。

「鴞己神将、尊若天将を討ち取ったり！」

「おのれ鴞己ッ——」

雨燕《あまつばめ》が戦況《せんきょう》を告げ、潘茶羅や白虎たちがグアァッと咆哮《ほうこう》し、数多《あまた》の軍鳥《いくさどり》がウオォ――と歓声《かんせい》をあげる。

「さぁ、潘茶羅は誰《だれ》がやる!? このままだと僕の勲《いさお》になるぞっ、皆《みな》それでいいのか!?」

鴉己は巧《たく》みに鼓舞し、士気を高める。武将鳳凰と猛禽《もうきん》たちはふたたび鬨《とき》の声をあげ、武器を掲《かか》げて「我こそは!」と口々に叫《さけ》んだ。

鳳凰と白虎、軍鳥と兵獣が真っ向からぶつかり合う。

そこからはもう、なにが起きているのかわからなかった。鴉己を守るという御役《おやく》を務めたいが、近づけたと思ったらまた離《はな》れてしまう。

「ぅ、う……鴉己神将……っ」

砂塵《さじん》が舞い、絶え間なく矢が飛び交《か》う軍場を右往左往するばかりになった。どこを飛んでもどこへ逃れても死が纏わりついてくる。必死で近づいているつもりなのに鴉己はいつの間にか遠くにいて、烈とともに潘茶羅と戦っていた。

どれだけ時間が経過しただろう。翼が動かせなくなり、切れ切れの呼吸で岩の上に着地したとき、ドォン……! と爆音《ばくおん》が鳴って巨大な煙《けむり》の柱が立った。

濃《こ》い煙幕《えんまく》に包まれてなにも見えない中、雨燕たちが繰《く》り返し囀《さえず》る。

「小休止!!」

「白虎主隊、後方へ退きました! 小休止!」

雨燕の声を合図にして大量の矢が敵陣《てきじん》へ放たれ、同時にバタバタバタッ……という夥しい羽音が響いた。

「……っ、なに、が……どうなっ、て」

目が霞《かす》んで、連なって飛んでいく軍鳥たちの中に鶚己を見つけることができない。岩の上でよろめく嵐に、銀の鎧を纏った鷹《たか》が飛行しながら大声をあげる。

「なにしてるっ？　小休止だぞ、陣営へ戻《もど》るんだ。もたもたするな！　まだ敵方も矢を飛ばしてきてる！」

「鶚己、神将は……どちら、にっ……？」

「とっくに陣営へ向かったぞ、おまえも怪我《けが》してないなら早く飛翔《ひしょう》しろ！」

急《せ》き立てられ、嵐は鉛《なまり》のように重くなった翼を広げた。

陣営が果てしなく遠く感じる。途中《とちゅう》、何度も羽ばたけなくなって急降下し、なかば落下するように広場に着地した。

「はあっ、は、ぁっ……！」

安全な場所に戻ると、死と隣《とな》り合わせの恐怖がより一層鮮明《せんめい》になり、震える嘴がガチガチと音を立てた。これが明日も明後日《あさって》もつづくのだろうか。身が持たない。

——出陣の経験はなくても、縄張り争いの最前線が苛烈《かれつ》を極《きわ》めた場所であることは充分《じゅうぶん》に理解している——それは己《おのれ》の慢心《まんしん》だと痛切に思い知った。

『おれだって何日でも戦える』と当然のように考えていた今朝の嵐はあまりにも浅薄《せんぱく》だ。ほんの一時《いっとき》すら鴉己を守れず、それどころか助けられてしまった。黄金の矢が放たれていなければ、嵐は敵方の矢に心臓を貫かれて死んでいた。猛烈《もうれつ》な情けなさと恥《は》ずかしさに打ちのめされる。

「救護鳥っ、早く！　出血が多い！」

「こっちは翼が折れてるぞ！」

負傷した軍鳥を運ぶ者と駆けまわる救護鳥たち、壊《こわ》れた武器が積まれていく金属音、到着《とうちゃく》したばかりの者と帰還《きかん》の準備を始める者とが入り乱れ、陣営の広場は非常に騒《さわ》がしく混雑していた。

「うぅ……」

どこも怪我をしていない嵐には手伝えることが多くあるのに、人に変容することさえままならない。ひどい吐《は》き気を催《もよお》す。翼の付け根が痙攣《けいれん》し、心臓が激しい痛みを覚えるほどバクバクと鼓動していた。

せめて邪魔《じゃま》にならないよう、誰も通らない隅《すみ》へ這《は》って移動する。回復を待っていると、踵《かかと》の高い長靴《ちょうか》がまっすぐ近づいてきた。

「ごめん、ちゃんと見てたんだけど最後の煙幕で見失った」

見上げれば、顔と鎧に返り血や泥《どろ》を付けたままの鴉己が立っている。

あの恐ろしい激闘《げきとう》の直後にもかかわらず、朱塗《しゅぬ》りの大盃《たいはい》で酒をがぶ飲みし、仙桃《せんとう》をもぐもぐと頬張《ほおば》っていた。

「死なくてなにより。斬に死骸《しがい》を回収させるのはさすがに忍《しの》びないからね。怪我は？」

「怪我……してない、です。……鵺己神将、矢を、本当に、ありがとうございました……」

他者が放った矢を自身の矢で射落とすという超絶《ちょうぜつ》的な弓術は、鵺己にとっては普通《ふつう》のことなのだろうか。嵐の謝意をあっさり無視して言った。

「僕、今から瑞郷天へ帰るけど、きみはどうするんだっけ？」

斬が『体力を残しておくんだよ』と助言してくれたのに。あの長い行程を飛ぶ力がなくて嵐は泣きそうになる。

でも、与《あた》えてもらった御役に忠実でありたい。嵐はまだ一度も鵺己を守れていない。軍鳥になるために、いま取るべき行動を考え、息を切らしながら嘴《くちばし》を動かした。

「……神将、を、お守り……します」

「あははー、そういうの要《い》らないんだよね、僕強いから。それより飛べる？　背に乗せてあげようか」

にこっと笑う鵺己は本当に嵐を乗せて帰るつもりのようだが、そんな無礼を働けば二度と軍《いくさ》場《ば》に来られなくなり屋敷《やしき》からも出られなくなる。意地で体力を絞り出し、立ち上がって翼《つばさ》を羽ばたかせた。

鴉己神将と烈天将と青牙《せいが》瑞将《ずいしょう》を中心とした帰還団が陣営を発《た》つ。たくさんの雀《すずめ》や雲雀《ひばり》が武将鳳凰《ほうおう》や大鷲《おおわし》の背に乗り、ふわふわの小さな身体《からだ》を寄せ合っているのが見えた。

「おーい、見習い、もうちょっと急げ。これ以上離れると危ないぞ」

「はいっ……すみません」

殿《しんがり》を担《にな》う少将が振《ふ》り返り、声をかけてくれる。嵐は帰還団の殿の、そのさらにうしろを必死に飛んで帰った。

日輪が傾《かたむ》いていく。淡《あわ》い橙色《だいだいいろ》の光に照らされた石柱群が見えるころには、吐き気も翼の痙攣も、心臓の痛みも治まっていた。今日の早朝に発ったばかりの瑞郷天が懐《なつ》かしく感じられ、胸に安堵《あんど》が広がる。

猛禽たちが軍務衙門《がもん》や青楼《せいろう》街の方向へ飛び、雀や雲雀は巣へ帰っていき、帰還団はおのずと解散した。瑞郷天の中枢《ちゅうすう》に建つ鳳凰の城・玉煌朱宮《ぎょっこうしゅぐう》に近づくと、鴉己は人に変容して降り立ち、嵐もそれに倣《なら》う。

幾重《いくえ》にも連なる瓦《かわら》屋根や、それらを支える数多の太柱も、至るところに施《ほどこ》された美しい彫刻《ちょうこく》も、なにもかもが朱《あか》い。人の姿で見上げる玉煌朱宮は溜《た》め息がでるほど壮麗《そうれい》だった。

鴉己は血と泥で汚《よご》れた鎧《よろい》を着たまま歩く。「帰れ」とも「ついてこい」とも言わず、大楼門をくぐって石造りの階段を上る。嵐は、遠目でしか見たことがなかった玉煌朱宮に踏《ふ》み入ってしまった。

宮中を行き来する高官鳥や命婦《みょうぶ》鳥の視線を感じる。これ以上進むのはさすがに憚《はばか》られた。

「鴉己神将、あの……どこで控《ひか》えていればいいですか？」

「九尊の間まで来たら？」

「おれみたいなのが九尊の間には入れません」

「南斗后輝もいるはずだよ。美君の一声できみは軍場に出られたんだ、早いうちに謁見《えっけん》を賜《たまわ》って九拝しておくといい。僕が許可する。――ま、言うほど大した場所じゃあない」

嵐のほうを見ずに話し、足早に歩く鴉己は、軍場にいるときと雰囲気《ふんいき》が少し違《ちが》うように見えた。

長靴の踵をかつかつと鳴らして九尊の間へ入っていく。

軍場とは種類の異なる強い緊張《きんちょう》に見舞《みま》われる。誰にも聞こえないような掠《かす》れ声で「失礼いたします……」と言い、鴉己のあとについて入室した嵐は、荘厳《そうごん》と絢爛《けんらん》を極めた空間に目を瞠《みは》った。

九つの玉座が、大きな醴泉《れいせん》の水面《みなも》に並んでいる。

そのうしろに梧桐《あおぎり》の大樹が九本立ち、鮮《あざ》やかな緑葉を広げていた。

醴泉の中ほどまで延びた、朱い辰砂《しんしゃ》の床《ゆか》。床の両側に一本ずつ配された槐《えんじゅ》と榊《さかき》の木。

壁《かべ》一面に施された黄金の浮《う》き彫《ぼ》り。そのすべてが、円蓋《えんがい》からこぼれてくる光を受けて輝《かがや》いている。

そして九つの玉座の中央に、鳳凰の一族の長——丹天老君《たんてんろうくん》が座していた。

朱色《しゅいろ》の皇袍服《こうほうふく》に包まれた体格も、鋭《するど》く光る金の眼《め》や精悍《せいかん》な顔つきも、老齢《ろうれい》のものとは到底《とうてい》思えない。百年近くにわたって瑞郷天に君臨しつづける瑞獣《ずいじゅう》に、嵐は激しく畏縮《いしゅく》し、辰砂の床に片膝《かたひざ》をついた。

玉座を有する鳳凰は〝九尊鳳凰《くそんほうおう》〟と呼ばれ、九つの玉座の中央に座することができるのは純血の朱真《しゅじん》鳳凰だけだった。数万年とつづく歴史の中で、金鳳凰や白金鳳凰や淡青《たんせい》鳳凰が中央の玉座に着座したことは一度もない。

「……」

九尊の間には四人の若い朱真鳳凰が立っているが、なぜかその口許《くちもと》に薄笑《うすわら》いがある。彼らの視線の先に鴉己がいるのが、嵐は気にかかった。

磨《みが》き上げられた鎧を纏《まと》うふたりの武将鳳凰はこのあと軍場へ向かうようだった。醴泉の周囲に止まり木が二十ほどあり、鶴《つる》や錦鶏《きんけい》など十二、三羽の公卿《くぎょう》鳥が止まっている。

鴉己は辰砂の床に立ち、短く告げた。

「戦況《せんきょう》報告に上がりました」

血と泥を付着させた鎧が気に入らないのか、丹天老君が眉間《みけん》に深い皺《しわ》を刻んだ。

第八と第九の席が空いているのは、鴉己と烈が与えられた玉座を揃《そろ》って辞したのち、まだ後《こう》継者《けいしゃ》が決まっていないからだろう。

そして嵐は、第二の玉座に——丹天老君の隣《となり》に座る雌《めす》の朱真鳳凰に目を奪《うば》われる。

ほかの玉座に座る鳳凰は雄《おす》ばかりだから、彼女が南斗后輝に違いない。

あまりの美しさと神々《こうごう》しさに固まっていると、鴟己が「南斗后輝さまに御挨拶《ごあいさつ》しなさい」と促《うなが》してくれた。

「お初に、御目《おめ》にかかります。雷厳が第三十八仔《し》で斬の弟、嵐と申します」

まともに言えたのはそれだけだった。初陣《ういじん》が叶《かな》った礼をきちんと伝えたいのに、緊張のあまり声が詰《つ》まってしまい、嵐はぺこりと頭を下げた。

南斗后輝は悠々《ゆうゆう》と揺《ゆ》らしていた扇《おうぎ》を口許に添《そ》えて微笑《ほほえ》む。

「ほほ。たしかに斬に似ておるな。しかし斬よりずいぶん愛《う》いのう。して鴟己よ、嵐の働きぶりは如何《いかが》か？」

「預かって半日ですしなんとも言えませんが、初陣で死ななかったのでそれなりに見込みはあるのではないでしょうか」

「太好了《タイハオラ》、叶うなら長くそなたの許で——」

「戦況を告げよ」

丹天老君が腹に響《ひび》く声で南斗后輝の言葉を遮《さえぎ》った。

「穢《けが》れを玉座に持ち込むなと何度言えばわかる？　戦況を告げ、速《すみ》やかに立ち去れ」

表情を曇《くも》らせる南斗后輝と、戸惑《とまど》う九尊鳳凰。若い朱真鳳凰たちは嘲笑《ちょうしょう》を浮かべ、公卿鳥は澄《す》まし顔を崩《くず》さない。

嵐は、どく、どく、と高鳴る胸を押さえる。この、得体の知れない奇妙《きみょう》な緊張感はなんだろう。

なにも気にならないのか、鵖己はにっこり笑った。

「これはこれは失礼いたしました。此度《こたび》の戦闘《せんとう》では潘茶羅が出現し――」

誰《だれ》もが見惚《みと》れるほどの綺麗《きれい》な笑顔《えがお》だ。実際に、丹天老君以外の九尊鳳凰は目尻《めじり》を下げて戦況報告を聞き、澄まし顔を崩さなかった公卿鳥でさえうっとりしたまなざしを向ける。

しかし、鵖己の美しい笑みに、嵐は違和感《いわかん》を覚えた。

たしかに笑っているが、どうしてか嵐にはまったく笑っていないように見える。極限状態の軍場ですら何度も笑っていたというのに。

作り物のような笑顔に気を取られているうちに戦況報告が終わってしまった。

「――以上です。ではこれにて」

「待て」

丹天老君たちに背を向けた鵖己を呼び止めたのは、若い朱真鳳凰だった。

鵖己は立ち止まらない。嵐の腕《うで》を取って立たせる。そうして辰砂の床を歩きながら吐《は》き捨てるように言った。

「丹天老君さまの御命令通り速やかに辞する。僕に用があるなら青楼街へ来い、炎琉《えんりゅう》。——来られるものならな」

「鴉己っ、きさま……！」

「なんだあの態度はっ」

炎琉と呼ばれた鳳凰だけでなく、ほかの朱真鳳凰まで声を荒《あら》らげる。嵐は焦《あせ》って深く辞儀《じぎ》し、鴉己を追いかけた。

九尊の間をあとにした鴉己は長い廊下《ろうか》を黙《だま》って進む。玉煌朱宮を出て階段をおり、大楼門を抜《ぬ》けると、そこで鎧を脱《ぬ》いだ。

「渡《わた》してもいいかな？　重いなら自分で持つよ」

「大丈夫《だいじょうぶ》です、お預かりします」

九尊の間へ入る前に汚れた鎧を脱いで嵐に持たせれば、丹天老君の不興を買うこともなかったのに、そうしなかったのはなぜだろう。

ほかにも疑問がぼんやりと浮かぶ。若い朱真鳳凰との諍《いさか》いのようなやりとりにはどんな意味があったのか、誰をも魅了《みりょう》する鴉己の綺麗な笑顔にどうして嵐は違和感を覚えたのか——九尊の間は荘厳と絢爛を極《きわ》めていて、鳳凰同士の奇妙な応酬《おうしゅう》が交《か》わされる、嵐にとっては非現実的な空間だった。

鴉己が長煙管《ながギセル》をくわえて、白檀《びゃくだん》に似た不思議な薫《かお》りが漂《ただよ》ってくる。

答えを見つけられない曖昧《あいまい》な疑問たちは、紫煙《しえん》に攫《さら》われていった。

銀朱色の日輪が石柱群の彼方《かなた》へ姿を消し、瞬《また》く間に宵《よい》の色が広がる。松明《たいまつ》を持つ梟《ふくろう》や木菟《みみずく》が瑞郷天の中枢《ちゅうすう》を飛びまわり、篝籠《かがりかご》と釣《つ》り灯籠《どうろう》に火を入れていくのが見えた。

鴉己はまた「帰れ」とも「ついてこい」とも言わず、黙って歩きだす。

今日の商《あきな》いを終えた市場は静かで薄暗い。踵《かかと》の高い長靴《ちょうか》と平たい靴《くつ》が通りに敷《し》かれた砂利《じゃり》をざくざくと踏む音だけが聞こえる。

鴉己は通りの果てに着くと右に曲がり、あとをついて曲がった嵐は、立ち止まって息を呑《の》んだ。

「青楼《せいろう》、街――」

極太の柱や、美しい水鳥の浮《う》き彫《ぼ》りが施《ほどこ》された扉《とびら》、屋根瓦《やねがわら》も釣り灯籠までも、すべてが瑠璃《るり》色《いろ》の巨大《きょだい》な門が宵の空に妖《あや》しく浮かぶ。嵐の目には、朱色ばかりの玉煌朱宮《ぎょっこうしゅぐう》と対極をなしているように見えた。

瑠璃色の大門を恐《おそ》る恐る抜けて――嵐は、異界に足を踏み入れた錯覚《さっかく》に陥《おちい》った。

煙《けむ》って見えるほどの強烈《きょうれつ》な花香《かこう》は青楼からあふれてくるものだろうか。砂糖菓子《がし》の甘い匂《にお》いや、きつい酒の匂いもしていて、たちまち嗅覚《きゅうかく》がおかしくなる。

大路の両側に軒《のき》を連ねた仙果店、小料理屋、菓子屋、湯屋、髪結《かみゆ》い店は、壁も屋根も優美な青漆《せいしつ》で統一されていた。

「鴉己さまぁ。おかえりなさいませ」

「今すぐいらして。もう待ちきれませんの」

「ねえ、早く跨《また》がらせてくださいな」

頭上から降ってくる色めいた声に鴉己が片手を上げて応《こた》える。

青楼を見上げれば、髪を複雑に結い幾本《いくほん》もの簪《かんざし》を挿《さ》した遊君たちが白い肩《かた》を剥《む》き出しにした格好で欄干《らんかん》にもたれていた。嵐と目が合うとにっこり微笑んで、細い指を揺らして手招きをする。

どこからともなく流れてくる音楽と歌い声、笑い声、客引きの声——優雅《ゆうが》さと猥雑《わいざつ》さが混在した摩訶不思議《まかふしぎ》な空間に、嵐は一瞬《いっしゅん》の眩暈《めまい》を覚えた。

「さあ久方ぶりの休みだ。遊君らをだいぶ待たせてしまっているからね、今宵も忙《いそが》しくなりそうだ」

ここまで黙って歩いてきた鴉己が、瑠璃色の大門をくぐった途端《とたん》に生き生きしだした。軽快な足取りで雑踏《ざっとう》に溶《と》け込んでいく。見失いそうになり、焦って追いかけた。

「鴉己、神将っ……あの」

「まずは湯屋へ行くよ、早く沐浴《もくよく》したい。軍場《いくさば》だとそこまで気にならないんだけどね、瑞郷天に帰ると急に汚《きたな》いのが嫌《いや》になる」

気《き》後《おく》れしてしまい、湯屋へついて入ることができなかった嵐は、黄金の鎧《よろい》を抱《かか》えて突《つ》っ立っていた。

そして、四半時ほどが経《た》って湯屋から出てきた鵙己の装いに目を瞠《みは》る。

彼しか着こなせないような、華《はな》やかな柄《がら》の袍服《ほうふく》。襟《えり》と袖口《そでぐち》に金銀の刺繍《ししゅう》がたっぷり施されている上着を、片袖《かたそで》を抜いて着ているその様子はとても洒落《しゃれ》ていた。輝《かがや》く黄金の瓔珞《ようらく》と、重ねてつけた腕輪《うでわ》。錦《にしき》の帯を巻いた腰《こし》に、意匠《いしょう》を凝《こ》らした印籠《いんろう》や、翡翠《ひすい》の佩玉《はいぎょく》や紫色《むらさきいろ》の房飾《ふさかざ》りを下げている。

長軀《ちょうく》から香《かお》りが漂ってくる香油は湯屋の従事者に塗《ぬ》らせたものだろうか。いま鵙己に会った大衆鳥は、軍場から戻《もど》った直後とは気づかないだろう。嵐でさえ、あの血と泥砂《でいさ》にまみれた激《げき》闘《とう》は幻影《げんえい》だったかもしれないと思ってしまう。雄の色香《いろか》を放つ艶美《えんび》な白金鳳凰は青楼街の住民そのものだった。

鵙己が銅製の鎧を指さして、瓔珞や腕輪がじゃらじゃらと鳴る。

「なんでまだそれ着てるの？」

「鵙己神将をお守りするためです！」

張り切って言うと、五色のまつげが揺れてまぶたが半開きになった。

「僕強いからそういうの要《い》らないんだよね。それに、青楼街で鎧を着てるのも汚い格好でいるのも御法度《ごはっと》でしょ」

「知りませんでした……初めて来ましたので」

「初めて？　きみ歳《とし》いくつだっけ？　聞いたけど忘れちゃったな。十三、四だった？」

「十七歳です」

「嘘《うそ》だぁ！」

答えるなり、鴉己は驚愕《きょうがく》して奇異《きい》なものを見る目を寄越《よこ》してきた。

「十七で青楼街に来たことない猛禽類《もうきんるい》が瑞郷天にいるのか？　なんという希少種だ、信じられない」

捲《まく》し立てながら、指先まで隠《かく》れる長い袖を頻《しき》りに湯屋のほうへ向け、沐浴してこいと促《うなが》してくる。

「汚いままでいる仔《こ》を連れて歩く気は更々《さらさら》ないよ。きみ、禄《ろく》を持ってないだろ？　払《はら》っておいたから」

「すっ、すみません！」

「いいからさっさと行く」

走って湯屋へ入った嵐は鎧を脱いで、脱衣《だつい》所にいる禽鳥たちの様子を窺《うかが》い、真似《まね》をして汚《よご》れた衣服を籠に入れた。裸《はだか》になって大きな引き戸をガラガラと開く。

「なに、ここ……」

乳白色の湯気が立ち込める広大な空間に大小さまざまの湯船が設《しつら》えられている。足元には柔《やわ》らかな苔《こけ》が敷かれており、梧桐《あおぎり》の葉も広がっていた。梧桐や榊《さかき》の木々が巧《たく》みに配され、奥には岩の狭間《はざま》を流れ落ちる白滝《しらたき》まである。

まるで温泉を有する石柱を丸ごと運び込んだかのようだった。

「軍鳥《いくさどり》さま。お背中お流しいたします」

うしろから腕を取られて、ばっと振《ふ》り返ると、同年輩《どうねんぱい》とおぼしき白銀の烏《からす》が石鹸《せっけん》や香油や手巾《しゅきん》の入った小桶《こおけ》を抱えて微笑《ほほえ》んでいた。銀髪《ぎんぱつ》を結い上げて目許《めもと》と唇《くちびる》に朱《しゅ》を差した烏に見惚《みと》れ、頬《ほお》が熱くなる。

「うぅ」

混浴なんてあまりにも刺激《しげき》が強すぎて耐《た》えられない。彼女が鶏己の裸体《らたい》に香油を塗ったのだろうか。

しかしよく見れば、腕に触《ふ》れてきている烏の裸の胸は平らで、唯一《ゆいいつ》身につけている下帯は雄鳥《おんどり》のものだった。嵐はますます顔を赤くする。

「ありがとうございますっ、でも大丈夫です！」

とびきり綺麗《きれい》な彼を傷つけたくないから深々と辞儀をして丁寧《ていねい》に断り、鷲《わし》に変容して最も近い湯船にざぶんと飛び込む。バババッと湯を浴び、逃《に》げるように浴室をあとにした。

「げっ、なんだこれ？」

人の姿になって脱衣所へ戻ると、籠の中に汚れた衣服はなく、目がちかちかする派手な袍服が入っていた。嵐は腰に布地を巻き、番台に座っている青鷺《あおさぎ》に訊《たず》ねる。

「初めてこちらにお邪魔《じゃま》したので、よくわからなくて……おれの服はどこにありますか？」

「おや、左様でございましたか。軍鳥さまの御召《おめ》し物は当店で洗い、後日ご返却《へんきゃく》。青楼街では当店が用意する衣服でお過ごしいただきます。大きさも色も柄も多数取り揃《そろ》えておりますよ。これらはお貸しするのではなくご提供するものですので、着用なさったまま青楼街を出ていただいてもまったく問題ございません」

「ありがとうございます、よくわかりました。……あの。柄の入ってない服ってありますか」

「へっ？」

番台係の青鷺はたいそう気がよく、「こちらが当店で最も地味な衣服ですよ！」とほぼ無地の袍服を探し出してくれた。背に大輪の白牡丹《しろぼたん》が刺繍されているけれど、これ以上わがままは言いにくい。

青鷺に礼を述べて身なりを整え、ふたたび走って湯屋を出る。

鴉己は当然のように姿を消していた。

「どこっ……？」

ふたつの鎧を抱え、焦《あせ》って捜《さが》す。白金鳳凰の匂いを嗅《か》ぎ分けたくても、瑠璃色の大門をくぐったときから嗅覚が麻痺《まひ》していて叶《かな》わない。

大路を隔《へだ》てた斜向《はすむ》かいにひときわ豪奢《ごうしゃ》な青楼が建っている。嵐は往来する禽鳥たちのあいだをすり抜《ぬ》けて、客引き中の鸛《こうのとり》をつかまえた。

「すみません、おれは嵐と言います、鵙己神将の配下の者です。こちらのお店に鵙己神将がいるか、わかりますか？」

「鵙己神将さまは先ほど入店されましたよ！　軍鳥さまもいかがです？　うちは可愛《かわい》らしい雄鳥から妖艶《ようえん》な雌鳥《めんどり》まで取り揃えておりま――」

「お邪魔します！」

嵐は青楼に駆《か》け込み、ぽかんと口を開けて店内を仰《あお》ぎ見た。

瑠璃色《るりいろ》の大門といい、湯屋といい、青楼街にあるものはどうしてこうも派手で大規模なのだろう。

店内は六層の吹《ふ》き抜けになっていて、一階には桃《もも》や花梨《かりん》の木があり、造形された川に群青色《ぐんじょういろ》の太鼓橋《たいこばし》まで架《か》かっている。上方では桃色や黄色の美鳥が尾羽《おばね》をひらひらと揺《ゆ》らしながら舞《ま》っていた。

階段を一階ずつ上がって捜していては時間が幾らあっても足りない。嵐は鷲に変容すると、絶対に落とさないよう、ふたつの鎧に鉤爪《かぎづめ》をしっかり引っかけて飛翔《ひしょう》した。

二階と三階にはいない。奥の部屋に入ってしまったのだろうか。

「あっ……いた！」

絢爛美麗《けんらんびれい》で派手な装いの白金鳳凰《ほうおう》は非常に目立つ。鵙己を見つけることができた嵐は、ほっと安堵《あんど》し、四階の廊下《ろうか》に降り立って人の姿になった。鎧を抱え、大広間へ入ろうとして――衝《つい》立《たて》を過ぎたところで足を止めた。

大勢の軍鳥の笑い声や遊君たちのはしゃぎ声が響《ひび》く大広間は、強烈《きょうれつ》な花香《かこう》と、酒と香烟《たばこ》の匂《にお》いで煙《けむ》っている。

武将鳳凰が数人いるからか、それとも酒さえあればいいからか、少量の果実があるだけで獣《じゅう》肉《にく》はなく、大広間に運ばれてくるのは酒壺《さかつぼ》ばかりだった。

雄鳥も雌鳥も、遊君が纏《まと》っているのは透《す》けた着物一枚で、陰茎《いんけい》や乳房《ちぶさ》の揺れる様子まであらわになっている。鴉己や猛禽たちが裸同然の遊君を胡坐《あぐら》の上に座らせて酒を飲んでいることに、嵐は衝撃《しょうげき》を受けた。

この場所が、思うまま酒を食《く》らい遊君を抱《だ》く青楼街であることをあらためて認識《にんしき》する。ひどく苦手で、猥《みだ》りがわしい光景に思いきり引いてしまった。

立ち尽《つ》くしていると、兄と従兄《いとこ》に気づかれた。

「嵐じゃねえか！　あいつ今日が初陣《ういじん》だったはずだぞ、生きて戻ってきたのか！」

「鴉己神将がいてくださったからだろ、でなきゃ死んでる」

「どんな手を使ったって、誰《だれ》に縋《すが》ったってかまわねえ、初陣は死なきゃそれで勝ちよ！」

「おいっ、ちび、入ってこい！　初陣祝いだ、酒と遊君を奢《おご》ってやる！」

酔《よ》った軍鳥たちは大声を張り上げ、鴉己も酒を呷《あお》って大笑《たいしょう》した。

「青楼街に来たのも初めてらしいぞ、たっぷり奉仕《ほうし》してやってくれ！　ははは！」

彼らの品のない会話を聞いた遊君たちが「きゃあ、かわいい」「ぼく御奉仕《ごほうし》したぁい」などと口々に言う。

「けっこう……です……」

引きつった笑顔《えがお》を作って後ずさりをし、衝立に肩《かた》をぶつけながら大広間を離《はな》れた。

御役《おやく》を務めたいが今は不要なことくらい嵐でもわかる。居場所が把握《はあく》できていれば充分《じゅうぶん》だろう。客や配膳《はいぜん》係の行き来が少なそうなところへ移動した。

「なんだよ……」

ふいに、強い苛立《いらだ》ちが沸《わ》き上がってくる。

嵐は廊下に鎧《よろい》を置き、どすっと胡坐をかいた。

「なんだあれ、遊君を奢るってなんだよっ、ひどい言いかたするな！　鴉己神将もめちゃくちゃだらしない！」

軍場《いくさば》での勇姿との落差があまりにも激しすぎる。

鮮《あざ》やかな奇襲《きしゅう》、超絶《ちょうぜつ》的な弓術、極限状態の最中にあっても圧倒《あっとう》的な存在感と輝《かがや》きを放ち、軍鳥たちの士気を高める白金鳳凰——彼に、憧《あこが》れを抱《いだ》きはじめていたのに。

今のような怠惰《たいだ》な姿は見たくなかった。

噂《うわさ》は本当だった。鴉己は淫蕩《いんとう》で変わり者の鳳凰だ。

「……、——」

むかむかと気が立っているのに、喧騒《けんそう》が遠のいていく。

大広間より幾分《いくぶん》静かな廊下でひとりになると、忘れていた肉体的な疲労《ひろう》がどっと押し寄せてきた。まぶたがひどく重くて、開けていられない。嵐は座ったまま意識を失うように眠《ねむ》りに落ちた。


白檀《びゃくだん》に似た不思議な薫《かお》りが鼻先をくすぐってくる。

嵐はこの薫りを陣営《じんえい》の大天幕で初めて知った。慌《あわ》てふためいただけの初陣を終えてどうにか瑞郷天へ帰ってきたはずだが、あれは幻《まぼろし》でまだ軍場にいるのだろうか。

夢と現実の境が曖昧《あいまい》になっているのが嫌《いや》で、まぶたをこじ開けた。

「おや、起きた」

「うわーっ！」

蒲団《ふとん》を敷《し》いた憶《おぼ》えはない。しかし嵐は寝床《ねどこ》の中にいて、瑞郷天一と謳《うた》われる美貌《びぼう》が間近にある。寝床についた片肘《かたひじ》で頭を支えている鴉己は、嵐の絶叫《ぜっきょう》をものともせず、長煙管《ながギセル》の吸い口から唇《くちびる》を離して紫煙《しえん》を吐《は》いた。

「ほっぺたを何回つついても口をむにゃむにゃさせるばかりだから、朝まで起きないだろうなって残念に思ってたんだけど。――やあ、よかった」

目が覚めてすぐの、且《か》つ混乱した頭では、なにが『やあ、よかった』なのかさっぱりわからない。鴟己が着ている桃色の寝衣《しんい》は遊君のものだろうか、可憐《かれん》な花紋様《もんよう》が入っている。また長煙管を吸い、にこっと笑う。

「きみ、廊下でぐうぐう鼾《いびき》かいて寝てたよ。風邪《かぜ》ひくといけないからって、遊君らが部屋と寝床を用意してくれたんだ」

ならば明朝、遊君たちに礼を伝えたい。考えられたのはそれだけだった。

仰臥《ぎょうが》している嵐は両手で掛《か》け蒲団の端《はし》を握《にぎ》りしめたまま、ふたたび叫《さけ》んでしまう。

「なっ、な、なんで一緒《いっしょ》に寝てるんです⁉」

「青楼じゃ寝床はひとつと決まっている」

笑みを崩《くず》さない鴟己が急に声色《こわいろ》を変えた。

コト、と長煙管が盆《ぼん》に置かれた音が聞こえる。嵐の身体《からだ》に影《かげ》がかかり、五色の長い羽が流れ落ちてくる。

「――っ?」

「することもひとつと決まってるよね……」

耳許《みみもと》でささやかれた声と言葉の妖《あや》しさに、ぞくりと肌《はだ》が粟立《あわだ》った。

「鴟己神将っ、すみません、――」

無礼になると思いながらも、覆《おお》い被《かぶ》さってきた長軀《ちょうく》を力いっぱい突《つ》き飛ばし——嵐は目を瞠《みは》る。

鴞己は小揺《こゆ》るぎもしなかった。

「……！」

麗《うるわ》しい顔立ちから、派手な衣服の下には細くてしなやかな肢体《したい》があると勝手に思い込んでいた。でも違《ちが》う。今になって気づく。軍場を翔《か》けまわり敵方を次々と射貫《いぬ》いていた武将鳳凰が嫋《たお》やかであるはずがない。

触《ふ》れた体軀には鍛練《たんれん》による硬《かた》さがあり、寝衣の懐《ふところ》からのぞく胸には隆起《りゅうき》した筋肉が付いていた。

「……なにするんです！」

鴞己が体重をかけてくる。赤眼を細め、身動きが取れなくなった嵐の帯をほどく。

「眠ってる仔《こ》との性交は僕の主義に大いに反するんだ。お互《たが》い快楽を欲しがって、どちらも気持ちよくならないと意味ないだろう？　今から遊君らを呼ぶのは面倒《めんどう》だし、きみが目を覚まして本当によかったよ」

混乱していても、嫌でもわかる。鴞己が嵐の頬《ほお》に何度も触れて起こそうとしたのは、肉欲《にくよく》を満たす行為《こうい》の相手をさせるためだった。

先ほどの『やあ、よかった』の意味を理解した嵐は戦慄《せんりつ》を覚え、まぶたをこじ開けたことを激しく後悔《こうかい》した。

「おっ、おれ、すぐ部屋を出ます！　遊君を呼んでくださいっ、いや、方法を教えてください、呼んできます！」

「もう夜更《よふ》けだ、今から呼ぶのは難しい。この時間だと遊君をほかの雄《おす》と共有しなきゃならない。僕、共有が大っ嫌《きら》いなんだよね。自慰《じい》のほうがまだまし」

「自っ……？　どうして……鴉己神将は、遊君たちを待たせてしまってる、って……言ってました」

「そうだよ、遊君らはいつも通り跨《また》がってこようとした。でもきみがいたからみんな断った。きみが埋《う》め合わせすべきだ」

「そんな……！　待って、くださ――」

赤い瞳《ひとみ》が、焦点《しょうてん》が合わないほど近くに迫《せま》る。長いまつげの先が頬を掠《かす》める。唇を、形の綺麗《きれい》な唇で塞《ふさ》がれた。

「んん、っ」

唇をねっとりと舐《な》めた舌が中へ入ってきて、口内を掻《か》きまわされる。初めて知る粘膜《ねんまく》同士の絡《から》み合う感触《かんしょく》にぞくりと肌が粟立った。

唇が離れて、後頭部に手が宛《あ》てがわれ、下肢《かし》へ視線が向くよう首の角度を変えられる。

「此度《こたび》の出陣《しゅつじん》はやや長かったからね。十日ほど射精してないんだ。ほら見て、もうはち切れそうだよ」

鴉己は下帯をつけていない。桃色《ももいろ》の寝衣が捲《まく》られ、勃起《ぼっき》が弾《はず》み出る。

「うぅっ……」

これほどの至近距離《きょり》で自分以外の雄の生殖《せいしょく》器を見る日が来ようとは思いもしなかった。

美しい貌《かお》と飄々《ひょうひょう》とした風采《ふうさい》からは到底《とうてい》連想できない、凶暴《きょうぼう》なまでに熱《いき》り立つ陰茎《いんけい》に嵐は怖気《おぞけ》立った。

「とにかく一度出したい。そのあといっぱい交尾《こうび》しよう。僕の性器は太くて長いけど、大丈夫《だいじょうぶ》、痛くないよ。僕ときみの精液でぐしょぐしょに濡《ぬ》らしてほぐすからね」

「ひ、――」

甘く優《やさ》しい声で次々と発せられる信じられないほど卑猥《ひわい》な言葉に嵐はいちいち慄《おのの》いた。

渾身《こんしん》の力を込めて手足を動かしても、筋肉質の長軀の下から抜《ぬ》け出せない。

体格差と、歴然とした力の差を見せつけられる。

瑞郷天一の絢爛美《けんらんび》麗《れい》を誇《ほこ》る鴉己神将は、鳳凰《ほうおう》で――大酒を食《く》らい香烟《たばこ》を喫《の》み、そして色を好む瑞獣《ずいじゅう》であることを思い知らされる。

「ああっ……、や……」

下衣がおろされて下帯をほどかれる。嫌だと叫んだはずが、また唇を塞がれていた。

怖《こわ》いのに、直接刺激《しげき》されると駄目《だめ》だった。ちゅう、と舌を吸われながら性器をいじられて、鴉己の手の中で硬く立ち上がっていく。

うっすらと汗《あせ》を纏《まと》う額に、蓮花印《れんかいん》の浮《う》かぶ額が重なってくる。

「くっつく瞬間《しゅんかん》が気持ちいいんだよ。見てて」

額を触れ合わせたまま、また下肢のほうを向かされた。まぶたを閉じればいいのに、どうしてか閉じることができない。鴉己の荒《あら》くなった呼吸が聞こえる。震《ふる》える嵐の茎《くき》に、長く質量のある生殖器が重なってくる。

「ぅ、あ、――」

触れた瞬間にどちらも先走りを放って、下半身が重たく濡れた。

鴉己が体重をかけて腰《こし》を大きくまわす。きつく密着した下肢のあいだで性器同士がこりこりと擦《こす》れ合い、ぬるんと弾《はじ》き合う。望まない快感に、嵐は激しく翻弄《ほんろう》された。

「……あっ、あっ」

「ああ。この感触、悦《い》いね……すごくいやらしくてさ……」

恍惚《こうこつ》の声を漏《も》らしながら、執拗《しつよう》に腰をまわす。くちっ、くちっ、と粘《ねば》ついた音が鳴る。

鴉己は自身の陰茎と嵐の屹立《きつりつ》をつかみ、腰を前後に振《ふ》りはじめた。鴉己の形がより一層生々しく伝わってくる。強靭《きょうじん》な雄の生殖器の、大きく張り出した部分や括《くび》れた部分を感じるたび、腰が勝手にビクンと跳《は》ねた。

「あぁ、……うっ」

「可愛《かわい》い腰使いだね。すごく上手だよ」

満足げに微笑《ほほえ》む鴉己に褒《ほ》めそやされ、堪《こら》えられないほどの羞恥《しゅうち》に駆《か》られた。

嵐は十七歳の雄鳥《おんどり》で、肉体は繁殖《はんしょく》行動が適《かな》うものになっている。ただ、想《おも》いもないのに強引《ごういん》にさせられるのが嫌《いや》でたまらなかった。

「ぃ……、や」

腰の揺れかたが変わる。絶頂へ向かうための動きになる。鴉己の手に包まれた二本の陰茎は先走りに塗《まみ》れ、したたかに濡れて、ぐしゅぐしゅと激しい水音を立てた。

「ハァ……ッ、気持ちいい」

鴉己は性的興奮を隠《かく》さない。誰《だれ》もが見蕩《みと》れる美しい貌を快感に歪《ゆが》め、息を乱しながら口早にささやいてくる。

「僕を拒《こば》む禽鳥は瑞郷天に一羽もいないよ、みんな自分から跨がるし尻《しり》を向ける。きみも早く乗れるようになって。こんなふうに押し潰《つぶ》すのも悪くないけど、僕、跨がってくる可愛い仔を突き上げるほうが好きだからさ」

「く、ぅっ……。もう、い――」

「うん、もう達《い》きそうだね。あぁ、僕も出る、っ……」

吐精などできるはずがないしそんなことは望んでいない。嵐は怒鳴《どな》るように言い放った。

「もう、いやだ！　したくない!!」

「――」

ふいに、いやらしい表情をしていた鴉己が真顔になり、ぴたりと動きを止めた。

嵐は一瞬の隙《すき》を逃《のが》さずごろごろ転がって寝床《ねどこ》から脱《だっ》する。帯を拾い、必死で服装を整え、ぶるぶる震える脚《あし》を殴《なぐ》って立ち上がった。

未知の快感を無理やり覚えさせられた羞恥に、頭がかっとなる。悔《くや》しさと憤《いきどお》りが抑《おさ》えられないまま声を荒らげた。

「こういう、ことはっ、軽々しくやってはだめなんです！　ふざけてすることではありません！　鴉己神将がそんなだから変な噂《うわさ》ばっかり――」

きょとんとする鴉己を見て、はっとなる。無礼千万《せんばん》で父親や長兄《ちょうけい》に知られたら終わりだ。

嵐は動揺《どうよう》して固まり、鴉己はやけに嬉《うれ》しそうに言った。

「叱《しか》られてしまった」

「………」

十近く歳《とし》の離《はな》れた、身分もずっと下の者に咎《とが》められて、なぜ怒《おこ》りもせず喜ぶのだろう。

もしかしたら「変な噂ばっかり」を聞き落としたかもしれない。どうか聞いていませんようにと嵐は天帝《てんてい》に願った。

「あーぁ、せっかく逹きかけてたのに……。寸止めなんかしたことないよ、気持ちよくないなあ。でも嫌と言うならしかたない」

鴉己は唇《くちびる》を尖《とが》らせてつぶやき、勃起したままのものをしぶしぶ寝衣《しんい》に仕舞《しま》う。片肘《かたひじ》をついて頭を支え、嵐が滅茶苦茶《めちゃくちゃ》にした掛《か》け蒲団《ぶとん》を整えた。胸まで被《かぶ》り、蒲団をポンと軽く叩《たた》く。

そうして、にこっと笑いかけてきた。

「ねえ、変な噂ってどんな噂？」

「……申し訳ございません。噂なんてないです」

天帝は嵐の願いを聞き届けてくれなかった。最悪の事態に憤りも羞恥も霧散《むさん》する。

「怒らないから教えてよ」

「なにもありません」

「じゃあ命令にしちゃおう。きみが耳にした鴉己神将に関する流言を直ちに報告せよ」

わざと硬《かた》い口調で言い、ふふっと笑う。

この状況《じょうきょう》を楽しんでいる鴉己に「ほーら、命令だよー」と催促《さいそく》されて、嵐は泣きそうになりながら端座《たんざ》し、これまで聞いてきた噂を口にした。

「……派手な服が、好きで……、青楼《せいろう》街に、入り浸《びた》り……」

「それ噂じゃなくてただの事実じゃないかな。ほかにあるでしょ」

「う……。鴉己神将からは、いつも、違《ちが》う美鳥の匂《にお》いがしてる、とか……。一晩で三、四羽の遊君を抱《だ》く、――……ぜ、絶倫《ぜつりん》、とか……です」

父親と長兄だけでは済まない、まちがいなく鴉己にも半殺しにされる。

しかし聞こえてきたのは感心の声だった。

「へーっ、よく知ってるね。軍場《いくさば》にも青楼街にも来たことなかったきみにまで届いてるのかー。たいしたものだ。三、四羽は少ないけど、まぁ噂だもんね」

「……」

飄々と言うそれが冗談《じょうだん》なのか本気なのか、なぜ無礼なことを言われて怒らないのか、もしかしたら怒っているのか、鴉己のことがさっぱりわからなかった。

だが、この一件が明日にも父親と長兄の耳に入り、怒り狂《くる》った彼らによって屋敷《やしき》に閉じ込められることはわかる。

ようやく軍場へ出る許可が与《あた》えられたのに、一日も持たなかった。

「せっかくの、御役目《おやくめ》だったのに……」

ぐす、と悔し泣きをすると、なぜか鴉己が「ああっ！」と焦《あせ》りだす。

「泣かないでっ。僕、可愛い仔《こ》に泣かれるのがなにより参るんだ。ほら、いい仔だから寝床にお入り」

「寝ません。朝まで廊下《ろうか》に立って反省します」

「頑《かたく》なだなあ。廊下に立つのは止めやしないけど、『あぁん、気持ちいいよぅ』とか『おしりの孔《あな》もっと突《つ》いてぇ』とか、あちこちから聞こえてくるよ、大丈夫《だいじょうぶ》？」

「ひぃ」

鴉己はまた卑猥極《ひわいきわ》まりないことをしれっと口にする。慄《おのの》いている隙に腕《うで》を取られ、物凄《ものすご》い力で寝床の中へ引き戻《もど》された。

「数々の無礼を申し訳ございません！　でも、さっきみたいなのは絶対いやなんです……！」

「もうわかったから、おとなしくしなさい。なにもしないって約束してあげるから。この僕が、ねえ、この僕がだよ、初めて拒まれた。青楼で交尾《こうび》お預けなんて前代未聞《みもん》だ」

「ぅ、……」

「これはまた噂になるね。きみの名前も青楼街にすぐ知れ渡《わた》るよ。噂好きおしゃべり好きは遊君らの本能だから」

ハハハとわざとらしい笑い声を発する鴉己は完全に嵐をからかっている。いたたまれなくて、うつ伏《ぶ》せになって敷き蒲団に顔面をくっつけた。

すぐさま肩《かた》をつかまれ、ぐい、と横臥《おうが》させられる。鴉己が羽に顔を埋《う》めてくる。

「鴉己神将っ、あの」

「きみの名前。思い出すから待って。ええっと……そう、嵐《ラン》だ」

うなじに伝わってくる声は艶《つや》っぽく、そして眠気《ねむけ》を帯びていた。

「嵐の……髪《かみ》と羽の匂い、なんだろうね……」

「臭《くさ》いですかっ？」

「いや、臭いんじゃなくて……、——離宮《りきゅう》にはなかった匂いだ。……そうか、陽光の匂い」

「鴉己神将？」

――離宮、って？

さして深い意味もないであろうその言葉が、やけに耳に強く残る。

絡《から》みついてきている長い腕と脚のせいで身体《からだ》を動かすことができず、今の嵐には振《ふ》り向く勇気もない。

眠そうにつぶやいていた鴉己はやがて寝息を立てはじめた。

それは小さくて、とても穏《おだ》やかなものだった。

「………」

何度も夢見てきた初陣《ういじん》の日だったのに。なぜ嵐は鳳凰《ほうおう》と同衾《どうきん》などしているのだろう。どこでなにをまちがったのだろうか。

鴉己と出会った大天幕のあたりから順番に思い起こしたいけれど、ふたたび疲労《ひろう》がやってくる。嵐は追憶《ついおく》を諦《あきら》め、まぶたを閉じた。

・◇・・・

部屋に差し込む光が眩《まぶ》しくて眉間《みけん》に皺《しわ》を寄せる。

嵐は早起きが得意で、こんなに明るくなるまで眠ったことはほとんどない。夢うつつで腕をごそごそ動かし、なぜ近くに弟妹《ていまい》も甥姪《おいめい》も寝転がっていないのだろうと考えて——がばっと跳《は》ね起きた。

「たっ、大変だ……っ」

すでに鴉己の姿はない。梧桐《あおぎり》の葉が二十枚ほど敷《し》かれた床《ゆか》に、花紋様《もんよう》が入った桃色《ももいろ》の寝衣が落ちていた。

嵐は大慌《おおあわ》てで身なりを整えて髪を縛《しば》り、桃色の寝衣を衝立《ついたて》に掛けて蒲団を畳《たた》む。

「鎧《よろい》、どこっ？」

ふたつの鎧は部屋を出てすぐの廊下に置かれ、布地が被《かぶ》せられていた。

汚《よご》れた鎧は青楼街に持ち込んではいけないものなのだろう。知らずにいたことを申し訳なく思いながら布地を畳んでいると、ひときわ強い花香《かこう》がして、はっと振り向く。

「鴉己さまの小姓《こしょう》ちゃんね？」

「御寝坊《おねぼう》さん」

「おはようございます……」

　いつの間にか三人の遊君がそばに立っていた。昨夜のような透《す》けた着物ではないものの、煌《きら》びやかな寝衣は開《はだ》け、白い肌《はだ》があらわになっていて目のやり場に困る。

　適切な距離《きょり》を保とうとしたが時すでに遅《おそ》く、囲まれてしまった。鴉己の居場所を訊《たず》ねるより先に遊君たちが話しだす。

「鴉己さまが誰《だれ》かと一緒《いっしょ》にお休みになるなんて、これまでなかったことだわ」

「お相手はどんな仔かしらって、みんなあなたに興味津々《しんしん》なの」

「ゆうべは何回交尾したの？　軍場から戻られた夜はいつもより腰使《こしづか》いが強いのよね」

「でも気持ちいいことばかりで、ひどいことはされなかったでしょう？」

　嵐はまた思いきり引いてしまった。

『これはまた噂《うわさ》になるね。きみの名前も青楼街にすぐ知れ渡るよ。噂好きおしゃべり好きは遊君らの本能だから』――鴉己の言葉通り、美鳥たちが「あの仔が嵐ちゃんね」とささやきながら集まってくる。そうして自由気ままにお喋《しゃべ》りをする。

「鴉己さまはひどいことや私たちが嫌《いや》がることは絶対になさらないわ。『身体がつらい仔は休んで。大丈夫な仔だけでいいよ』って、微笑《ほほえ》んで私たちを気遣《きづか》ってくださるの。そしたら十羽くらい並んで、いつも打ち切られちゃう」

「順番に鴉己さまの胡坐《あぐら》に跨《また》がって腰を振るの。『すごく気持ちいいよ、上手だね』って褒《ほ》めてくださるし、おねだりしたら激しく突き上げてくださるわ」

「でもね、五羽ほど抱いたら、おひとりで休まれるか、眠らずにどこかへ行ってしまうのよ」

「だから誰も白金鳳凰さまの寝顔を見たことがないの」

「どんな御顔してた？　可愛《かわい》らしかった？」

「い……、いえ……おれは、寝てた、ので」

どうにか返事をすると、遊君たちは「やだぁ、見てないの？」「もったいない！」と口々に言い、両手を頬《ほお》に当てたり、うっとりと吐《と》息《いき》をついたりする。

「馴染《なじ》みを作らずに、みんなにとびきり優《やさ》しくて、分け隔《へだ》てなく一線を引いてらっしゃる……鴉己さまのことを愛してない娼妓《しょうぎ》鳥は青楼《せいろう》街に一羽もいないわ」

やはり鴉己は噂通りの絶倫で淫蕩《いんとう》な鳳凰だった。否《いな》、噂以上だった。彼自身も言っていたではないか。

昨夜、鴉己にいかがわしいことをされたせいか、遊君の話が鮮明《せんめい》に頭の中に思い浮《う》かんで、顔だけではなく手足の先まで真っ赤になった。

これ以上聞かされたら頭が爆発《ばくはつ》してしまう。嵐は絶叫《ぜっきょう》するように訊ねた。

「げ、鴉己神将はどちらにいますかっ⁉」

「あら、姿が見えないからって訊《き》いちゃだめよ」

「青楼の決まりごと、知らないの？」

気づけば遊君は十人以上にまで増えていた。寸分の隙間《すきま》もないほどに詰《つ》め寄られる。

「今回だけ特別。鴉己さまから言伝《ことづて》を預かってるわ。鎧を鎧甲衙門《がいこうがもん》へ運ぶようにって」

「磨《みが》き終わったものを受け取るようにって」

「でも、時間はまだあるから、先に青楼の御作法を覚えましょうね。私たちが手取り足取り教えてあげる」

美鳥たちの真っ白な指が纏《まと》いついてくる。ひんやりした手で腕や腿《もも》を撫《な》でられて、うなじの羽がぶわっと膨《ふく》らんだ。

「伝言ありがとうございますっ。寝床《ねどこ》も用意してくれてありがとうございました！」

持っていた布地を遊君に手渡《てわた》して鷲《わし》に変容し、ふたつの鎧をつかんで飛翔《ひしょう》する。

遊君たちの「まぁ、小さな鷲ちゃん」「行っちゃうの？　すぐ帰ってきてね」という声が瞬《またた》く間に遠ざかった。

日輪はちょうど中天にある。立ち並ぶ衙門は遠方に見えているから高度を上げる必要はないけれど、何度も羽ばたいてぐんぐん上昇《じょうしょう》した。胸の高鳴りと奇妙《きみょう》な衝動《しょうどう》を天風に洗い流してもらい、瑞郷天の中枢《ちゅうすう》の最も北側に位置する鎧甲衙門へ向かう。

徐々《じょじょ》に大きくなる、ガンッ、ガンッ、という轟音《ごうおん》は鎧や武器を作る音だろうか。嵐は降り立ちながら人の姿になり、鎧を抱《かか》えて大門を開いた。

「失礼します……」

血の臭いは特に気にならず、陰湿《いんしつ》で不吉《ふきつ》な場所だと聞いたが想像していたよりも明るい。

うずたかく積まれた鎧を見上げていると、背後から静かな声が聞こえてきた。

「無事でなによりだった。鎧を預かろうか」

振り返った嵐は、前掛《まえか》けをした男の、場にそぐわない清美な佇《たたず》まいに驚《おどろ》く。

聡明《そうめい》さを宿した瞳《ひとみ》と艶《つや》めく柳緑《りゆうりよく》の髪《かみ》。額に蓮花印《れんかいん》はないけれど、うなじから生える五色の羽が、彼が鳳凰の血を有することを示していた。片方だけの耳飾《みみかざ》り、そこに嵌《は》め込まれた貴石が虹色《にじいろ》の輝《かがや》きを放つ。

「――玻璃《はり》、さん……？」

鶯色《うぐいすいろ》の美しい小鳥・玻璃は稀有《けう》な出自から、もともと目立つ存在だったが、黒鳳凰の件で瑞郷天じゅうの噂になったため嵐もよく知っていた。

黒い雛鳥《ひなどり》を密《ひそ》かに育てるという大罪を犯《おか》した彼は、斬罪《ざんざい》は免《まぬか》れたものの、常に不吉がつき纏う鎧甲衙門での過酷《かこく》な労働を強《し》いられた。のちに烈と玻璃自身の功績によって赦免《しやめん》になったと聞いたが、なぜまだここにいるのだろう。

「嵐さまっ」

「こんにちは！」

見知った雀《すずめ》たちが肩《かた》に止まってくる。嵐は、同じように数羽の雀を肩に乗せた玻璃へ向かってぺこりと辞儀《じぎ》をした。

「玻璃さん、はじめまして、おれは嵐と言います。鎧を鎧甲衙門へ運べとの命を受けてこちらに来ました」

「はじめまして。これは鴉己の鎧だね、名が刻まれている。銅の鎧は嵐の？」

「はい、磨き終わったものを受け取るように、との命もあります」

「わかった。大きな破損もなさそうだし、さっそく磨くよ」

作業用の前掛けが似合っていて、汚れた鎧を丁寧《ていねい》に扱《あつか》う玻璃は、もしかすると自身の意志で鎧甲衙門に留《とど》まっているのかもしれない。声も所作も落ち着いている彼からは銀桂花《ぎんけいか》の清らかな匂《にお》いがする。

ふいに、鼻の奥がツンとした。

目を瞠《みは》って驚き、嵐を見てくる玻璃の、その美貌《びぼう》がぼやけていく。

「どうした？　どこか怪我《けが》でも？　手当てを受けたか？」

「いえ……。怪我は、してないです」

わずかに首を横に振《ふ》るだけで大粒《おおつぶ》の涙《なみだ》がぽとりと落ちた。

緊迫《きんぱく》と恐怖《きょうふ》を極《きわ》めた軍場《いくさば》、鳳凰《ほうおう》と公卿《くぎょう》鳥ばかりの九尊の間、勝手がまったくわからない青楼街、好色なさまを隠《かく》さない鴉己、彼に無理やり性感を呼び起こされ——状況《じょうきょう》を受け入れられないうちから、また新たな混乱がやってくる。このような経験は生まれて初めてだった。

物静かな玻璃を前に、張り詰めっ放しだった緊張《きんちょう》の糸が緩《ゆる》んで、安堵《あんど》と悔《くや》しさの綯《な》い交ぜになった涙があふれてくる。

「おれ……昨日が初陣《ういじん》で」

出会ってすぐの相手が急に泣きだしたら誰でも困るに決まっている。しかし堪《こら》えられず、嵐は思いを吐露《とろ》してしまった。

「鴉己神将の一時的な側仕《そばづか》えにしてもらったんですけど……なにもできないまま帰ってきてしまって、それで……」

「そうだったのか。初陣おめでとう。初陣では戦死しないことがなによりの誉《ほま》れだと言うよ。これから瑞郷天のために戦ってくれる嵐のことを誇《ほこ》りに思う」

「でも、もう御役御免《おやくごめん》なんです」

「なぜ？　鴉己は鎧《よろい》を運べと嵐に命じたのだろう？　磨き終わったものを受け取るように、とも。御役はまだ残っている」

「あ……」

冷静な声に導かれて気づく。ぐす、と鼻を鳴らした嵐は、綺麗《きれい》に微笑んでくれている玻璃に縋《すが》ってしまった。

「鴉己神将のことがぜんぜんわかりません。もう、どうしたらいいか……」

雀たちが「嵐さま、泣かないで」と励《はげ》ましてくれたのに、情けなくも泣きやむことができず、それがまた悔しくて涙が出る。

ゴトゴトと音がして顔を上げると、玻璃が木製の小さな長椅子《ながいす》を運んできていた。

「ここに座って少しだけ待っていて。師匠《ししょう》衆に許可をもらってくるから」

玻璃は奥へ駆《か》けていき、鎧を磨いている老齢《ろうれい》の梟《ふくろう》に話しかけた。

鎧甲衙門の洗い場で働く七人の梟は、老鳥とは思えないほどがっしりした体軀《たいく》をしていて腕《うで》も太い。嵐の憧《あこが》れる、屈強《くっきょう》な肉体だ。どのような鍛《きた》えかたをしているのだろう。

梟と目が合ったのでぺこりと頭を下げると、彼は玻璃と短い言葉を交《か》わし、「がははっ」と豪快《ごうかい》に笑った。

「花茶だよ。嵐の気持ちが落ち着いたら話をしよう」

盆《ぼん》を持って戻《もど》った玻璃は嵐の隣《となり》に腰《こし》かけて、雪中花が描《えが》かれた茶器を手渡してくれる。

「ありがとうございます。……わ、いい匂い。いただきます」

思えば起きてからなにも口にしていなかった。温かな花茶が身体《からだ》と心にゆっくりと染み渡《わた》っていく。

玻璃が二枚の小皿を並べて稗《ひえ》を入れると雀たちは嬉《うれ》しそうについばみはじめた。その愛らしい様子を、ようやく涙の乾《かわ》いた瞳に映す。

瑞郷天に棲《す》む猛禽類《もうきんるい》が狩《か》るのは野牛や大型の猪《いのしし》が多く、嵐は獣肉《じゅうにく》と同等に果実も好物で、大衆鳥に捕食《ほしょく》本能が働くことはない。

「はあ……」

しかし、稗を食べる雀たちを可愛らしく思っても、口から出るのは大きな溜《た》め息ばかりで、玻璃の苦笑《くしょう》を誘《さそ》ってしまった。

「思いつめなくて大丈夫《だいじょうぶ》だよ。嵐だけじゃない、鶃己のことを……彼の本心を知る者はいないんじゃないかな」

「玻璃さんも、ですか？」

深くうなずく彼の美しさは、やはりどこか鶃己に相通ずるものがある。

雄《おす》の鳳凰は複数で一羽の雌鳥《めんどり》と交尾《こうび》する場合が多いため、生まれた雛《ひな》の父親が不明なのは当然のことで、鶃己と玻璃が異母兄弟である可能性はまったくないとは言いきれない。

水鳥を母に持つ鶃己の美麗《びれい》な容貌《ようぼう》は瑞郷天一と名高く、双璧《そうへき》をなせるのは玻璃だけ――それは嵐でも耳にしたことがあるくらい広く行き渡っている風評だった。

鶃己と近しい間柄《あいだがら》の玻璃に、訊《たず》ねてみたくなる。

「玻璃さんから見た鶃己神将は、どのような御方ですか？　その、なにか、手がかりみたいなものがあれば、教えていただけませんか……」

「うん。そうだね……」

訊ねてはいけなかっただろうか。玻璃はなにかを言いかけてためらい、花茶を啜《すす》る。

そのとき、稗を食べていた雀たちが「はっ」と一斉《いっせい》に顔を上げ、トットットッと跳《は》ねて、丸い身体を、もふ、と玻璃の布靴《ぬのぐつ》にくっつけた。

「玻璃さまっ、ごちそうさまでした！」

「わたしたち、おうちに帰りますっ」

「明日、鎧を磨《みが》きにきます！」

「大丈夫、次の出陣《しゅつじん》までには磨いておくからね。二十日間ゆっくり休んで」

「えっと、えっと、やっぱりまた来ますっ」

「ふふ……、じゃあ待ってるよ」

「玻璃さま、嵐さま、失礼します！」

「またね、気をつけて帰るんだよ」

チュンッ、チュンッと元気よく鳴いて飛んでいく雀たちへ手を振る。

ふわふわの丸い姿が見えなくなったとき、嵐は、彼らが心を配ってふたりきりにしてくれたことに気づいた。

玻璃を見ると、「聡《さと》くて優《やさ》しい仔《こ》たちだね」と微笑《ほほえ》む。そうして両手で包んだ茶器に視線を落とし、言葉を慎重《しんちょう》に選びながら話してくれた。

「私が鴉己と初めて会ったとき、彼は七歳だった。本当に見《み》目《め》麗《うるわ》しい少年でね、私はまだ五歳だったけれど、鴉己がずいぶんとおとなびた口調をしていたのをよく憶《おぼ》えている。玉煌朱宮《ぎょっこうしゅぐう》の最奥《さいおう》にある……、——離宮《りきゅう》、で……私たちは二年間をともに過ごした。そのあと鵙己の力によって、私だけが離宮を脱《だつ》することになった」

「……！」

思いもよらず、気にかかっていた「離宮」という言葉が玻璃の口から出てきて、嵐は驚愕《きょうがく》のあまり茶器を落としそうになった。

離宮は鳳凰の城の最奥にある。ならば嵐だけではなくほとんどの大衆鳥が存在を知らないのではないだろうか。

知りたいことが次々と浮《う》かんでくる。

鳳凰の雛は育雛衙《いくすうが》門《もん》で育てられるのに、なぜ鵙己と玻璃は違《ちが》ったのだろう。鵙己は離宮でどのような少年時代を過ごしたのだろうか。ほかにも鳳凰の幼鳥はいたのか。そして玻璃が言った離宮を〝脱する〟とは——。

しかし玻璃がひどく逡巡《しゅんじゅん》した末に「離宮」と口にしたのがわかって、嵐は踏《ふ》み込んで訊ねることができなかった。

「鵙己は十二歳の初陣で敵将を討《う》ち、彼の名は瑞郷天じゅうに知れ渡った。私たちが再会したとき鵙己は十四歳だった。すでに今のような美しさと強靭《きょうじん》さを持つ武将鳳凰になり——考えの読めない飄々《ひょうひょう》とした彼になっていた」

「たった十二歳で、初陣……敵将を討ったんですか」

「そう。稀《まれ》に見る早さと軍功だ。私たちが離《はな》れるとき、鵙己は予言していた。『あと一、二年もすれば僕の名が瑞郷天じゅうに知れ渡る。玻璃の耳にも届くよ』と——。……鵙己は本当につかみどころがない。彼は誰《だれ》になにも悟《さと》らせない。私も探《さぐ》ったり訊ねたりしたことがあるけれど、いつものあの綺麗な笑顔《えがお》で躱《かわ》されてしまった」

　玻璃は困ったように笑ったあと、凛《りん》としたまなざしを嵐に向けて言った。

「つかみどころはないが、瑞郷天と禽鳥たちのために戦うという思いは誰よりも強いはず。出陣の回数も多く、大きな危険が伴《ともな》う。鵙己はなんでもひとりでできてしまうけれど、私は心配だったから、嵐が側仕えになったと聞いて嬉しかった。側仕えが一時的なものでも、そのあいだだけでも鵙己を守ってやってほしい。——嵐に覚悟《かくご》があるのなら」

　玻璃の言葉は優しさだけではなく、少しの厳しさも含《ふく》めてくれていて、嵐は背筋が伸《の》びる思いだった。

　昨日からの数々の混乱を遠くへ追いやる。そうして、与《あた》えてもらった御役の大切さと、自身が取るべき行動を今一度よく考えた。

　軍鳥《いくさどり》を目指し、側仕えとして白金鳳凰《ほうおう》を守る——。

「おれ、御役をしっかり務めます。鵙己神将をお守りします」

「うん。この先も大変なことがあるだろうけれど、挫《くじ》けずにね。なにかあったら、いつでも話をしに来て」

「はいっ！　ありがとうございます！」

玻璃と笑い合ったとき、空気が震《ふる》えるような剛強《ごうきょう》な気配を感じた。

嵐は急いで茶器を盆に置き、びしっと立ち上がった。

大門がゆっくりと開く。コッ…コッ…と長靴《ちょうか》の踵《かかと》を鳴らして悠々《ゆうゆう》と歩いてくるのは、金緑色を帯びた豊かな黒羽を持つ鳳凰——。

「烈《れつ》天将っ。はじめまし、て」

「あん？　誰だおまえ」

近づきがたい気迫《きはく》と猛々《たけだけ》しさは人の姿のときも等しく存在していて、感激のあまり声が詰《つ》まってしまった。〝瑞郷天を滅亡《めつぼう》させる黒い凶禍《きょうか》鳥〟の伝承によって、黒鳳凰のことを恐《おそ》れている大衆鳥はまだいるだろうが、若い猛禽たちは憧れのほうがずっと強い。

玻璃は「烈、お疲《つか》れさま」と綺麗《きれい》に微笑み、がちがちに緊張《きんちょう》している嵐のために取りなしてくれた。

「彼は嵐だよ。鵙己の側仕《そばづか》えをしている」

「側仕え？　そういや昨日、鵙己の近くでちびっこい鷲《わし》が飛んでるのを見た気がする。おまえだったのか」

「鵙己は今どこにいる？」

「軍議が終わったばっかりだから宮殿《きゅうでん》にいるんじゃねえか」

「ありがとうございますっ」

嵐が自分のほうを見て答えてくれた烈に礼を言うと、玻璃は空の茶器と小皿が載《の》った盆を持って立ち上がった。

「鴉己と嵐の鎧《よろい》は今から磨くよ、夕方には仕上がっている。【仕上げ済み】の大棚《おおだな》に置いておくからね。明日の早朝でもいつでも大丈夫だから取りに来て」

「はいっ、必ず来ます！　玻璃さん、本当にありがとうございます。花茶ごちそうさまでした。烈天将、失礼します！」

烈と玻璃に元気よく挨拶《あいさつ》し、力いっぱい走りながら鷲に変容して羽ばたく。

ふっと笑う烈の「飛び道具みてえな奴《やつ》だな」という声が聞こえた。

玉煌朱宮の近くに降り立って人の姿になり、大楼門《ろうもん》の両側に立つ近衛《このえ》鳥に一礼する。ここにいれば鴉己が歩いて出てきても、鳳凰になって飛翔《ひしょう》しても気づくことができるだろう。

待っているあいだ、ふと、昨夜の接吻《せっぷん》や淫《みだ》らな行為《こうい》が蘇《よみがえ》ってきて、顔を合わせるのが急に恥《は》ずかしくなった。

しかし、大楼門から出てきた鴉己が硬《かた》い表情をしていることに驚《おどろ》き、気まずい思いはすぐに消えた。嵐に気づいた鴟己が、さっと笑顔になる。

「あれ。側仕えって軍場《いくさば》だけじゃなかった？」

「鴟己神将をお守りします！　……せ、青楼街へ行かれるならお邪魔《じゃま》はしません」

「はは、ありがたいね」

――あ……昨日と同じ。

目の前にあるのはまちがいなく笑顔だが、なぜか嵐には笑っていないように見える。

昨日、九尊の間で覚えたのと同じ違和感《いわかん》に、心の中で首をかしげた。

鴟己は極《きわ》めて小さな声で「御小言が短くなるかもしれないな……」とつぶやき、五色の長いまつげを揺《ゆ》らして見おろしてくる。

「南斗后輝に呼ばれてるんだ。旨《うま》い酒が手に入ったから宮殿まで取りにこいとね。けど、どうせいつもの御小言だよ。ついてくる？」

「はいっ」

鴟己はのんびりした歩調で宮殿へ向かい、印籠《いんろう》や翡翠《ひすい》の佩玉《はいぎょく》がじゃらじゃらと鳴る。嵐は少しうしろをついて歩いた。

「昨日、すごく緊張して、南斗后輝さまにちゃんと御礼《おれい》を伝えることができませんでした。せっかく鴟己神将が機会を作ってくださったのに……すみません」

「今から行くんだ、伝えればいい」

指先まで隠《かく》れる長い袖《そで》をぶらぶら揺らす鶂己は戯《たわむ》れにお喋《しゃべ》りを始めた。

「玉煌朱宮の腑《ふ》抜《ぬ》けた連中を見ると信じがたいが、昔は朱真鳳凰《しゅじんほうおう》も軍場へ出ていたんだよ。南斗后輝は今でこそ嫋《たお》やかで昆虫一匹《こんちゅういっぴき》すら殺《あや》めるのを嫌《いや》がるけど、かつては軍場で勇名を馳《は》せていた女丈夫《じょじょうふ》だ。僕らが生まれるよりずっと前のことだけどね。味方からも敵方からも〝豪傑《ごうけつ》美君〟と呼ばれていて、戦線を退いたあと〝豪傑〟が取れたというわけ」

「……だから〝美君〟さまなんですね。姉が使っている黄金の偃月刀《えんげつとう》は南斗后輝さまからいただいたものです」

「そう、美君は長いあいだ保管していた弓を僕に、偃月刀を斬に与えてくれた。黄金の武器は戦闘《せんとう》を記憶《きおく》するからね。真新しいものより経験豊富なものを譲《ゆず》り受けるほうがいいんだよ」

流れるように話す鶂己の、その内容はとても興味深くて、あっという間に南斗后輝の宮殿に到着《とうちゃく》した。

宮殿へ入った鶂己は非常に慣れた足取りで広大な庭を歩き、嵐はきょろきょろしながらついていく。美しい四阿《あずまや》に南斗后輝が座っていた。

「美君に礼を伝える時間はあとで取るよ。そこで待ってて」

「はい。わかりました」

他者に聞かれることに不都合はないのだろうか。心配しているのは、四阿の太い柱のそばに立つ嵐だけのようだった。四阿に入った鶂己が椅子《いす》に座るなり、ふたりは声を抑《おさ》えることなく話しだした。

「明日、召致《しょうち》がかかる。そなたにふたたび玉座を与えようとする動きがあってな」

「明日ですか」

「わかるであろう、忠義を示せということじゃ」

「ええ、わかります、何度でも蹴《け》りますよ」

「鴟己。――ふたたび拒《こば》めば丹天老君も黙《だま》ってはいまい」

「だからこそです」

笑っているがその声には苛立《いらだ》ちが含まれているように聞こえた。

先ほどから、なにかが引っかかる嵐は、斬や遊君や玻璃の言葉を思い出す。

『怖《こわ》くないし怒《おこ》らないよ、いつも笑ってる』

『微笑《ほほえ》んで私たちを気遣《きづか》ってくださるの』

『いつものあの綺麗な笑顔《えがお》で躱《かわ》されてしまった』

たしかに鴟己はよく笑う。嵐も軍場で同じことを思った。

しかし彼の笑みに、ほんの一瞬《いっしゅん》、違和感を覚えるときがあるのは嵐だけだろうか――。

「黒鳳凰の一件より此《こ》の方、九尊の間はただならぬ空気で満ちている。今は徒《いたずら》に丹天老君を煽《せん》動《どう》するな」

南斗后輝の深い溜《た》め息とともに烈のことが聞こえて、嵐は思惟《しい》をやめた。

「鴉己が黒鳳凰と懇意《こんい》にすることで、武将鳳凰や軍鳥、大衆鳥までもが黒鳳凰を受け入れた。そなたの黒鳳凰への過度の肩入《かたい》れも、おもしろくないのであろう」

「じつにくだらないですね」

「それだけであれば余も聞き捨てる。だがな……誰《だれ》が言いだしたかはわからぬが、黒い雛《ひな》の死《し》骸《がい》が贋物《にせもの》であったことを鴉己は知っていたのではないか――、という流言が生じ、当然のことながら丹天老君の耳にも入った」

「ほう……」

鴉己が反応を示した『黒い雛の死骸』とは、なんだろう。耳当たりがいいとは言えないその言葉を、嵐は初めて聞いた。

南斗后輝が煙管《キセル》を、鴉己は長煙管をくわえて、二種の異なる薫《かお》りが嵐のところにも流れてくる。

「――して、美君の見解は」

「憶測《おくそく》で話をしても詮無《せんな》いことじゃ。真実はそなたの胸裏のみに存在する。過去の真偽《しんぎ》がどうであれ、現在の黒鳳凰《ほうおう》が瑞郷天のために働いているのは周知の事実」

「ならばそれでよいではありませんか」

「余と同じ考えを持つ九尊や朱真《しゅじん》鳳凰は少ないぞ。明日の召致でそなたが玉座に就《つ》くなら流言はおのずと消える。ふたたび辞するなら、おそらく丹天老君は黒い雛の死骸の真偽を追及《ついきゅう》し、詳《つまび》らかにするだろう。大いなる叛逆《はんぎゃく》があったのか、否《いな》か」

「……」

「玉座に就け、鵖己。九尊の名を冠《かん》しても今の暮らしが大きく変わるわけではない。そなたが望めばこれまでと同じように軍場へ出られよう」

　鵖己はなにも答えず、そこで会話は途切《とぎ》れた。

　これは御小言などではない。玉座のことも黒鳳凰のことも、安易に他者に聞かれてはいけない話だと思う。

　なぜ鵖己と南斗后輝は立ち会いを許したのだろう。身分も立場も大きく懸《か》け離《はな》れている嵐が口外したところで噂《うわさ》程度にしかならないと判断したのだろうか。

　嵐はここで聞いた会話を家族や狩《か》り仲間に伝えたいとはまったく思わなかった。なについて話しているのかわからない部分もある。――〝離宮《りきゅう》〟という言葉が一度も出てこなかったのは確かだった。

　南斗后輝は煙管を吸い終えたようで、白檀《びゃくだん》に似た不思議な薫りだけが漂《ただよ》ってくる。

　やがて、しんと静まり返った広い庭に、グゥゥ――……という大きな音が響《ひび》いた。

　硬い表情だった南斗后輝と鵖己が揃《そろ》って目を丸くする。

　地鳴りのようなそれが自身の腹の音だと気づいて、顔が一気に熱くなる。南斗后輝が声をかけてくれていなかったら、走って逃《に》げていたかもしれない。

「嵐や。此方《こちら》へ来やれ」

「こういうときは速《すみ》やかに動くものだよ。礼を伝えたいんだろう？」

鴉己に促《うなが》されて四阿の中へ入ると、南斗后輝は嬉《うれ》しそうに微笑んでくれた。

「近くで見ると、より斬と似ておるな」

優《やさ》しく触《ふ》れてくる手はかつて黄金の武器を持っていたとは思えないほど華奢《きゃしゃ》で、白い肌《はだ》と真《しん》紅《く》に染められた爪《つめ》が互《たが》いの美しさを際立《きわだ》たせていた。

嵐は勇気を振《ふ》り絞《しぼ》り、南斗后輝の手を両手で包んで片膝《かたひざ》をつく。白い手の甲《こう》に己の額を近づけた。

「南斗后輝さま。お礼が遅《おそ》くなって申し訳ございません。南斗后輝さまのお力で、おれは軍場《いくさば》へ出ることができました。ありがとうございます！」

「好《ハオ》、好《ハオ》。なんとも素直《すなお》で愛らしい仔《こ》じゃ」

「斬と嵐、顔つきはどことなく似ていますが性格は違《ちが》いますね。姉の気性《きしょう》の荒《あら》さは猛禽《もうきん》そのもの。昨今は敵方に〝豪傑美君の再来〟と呼ばれ恐《おそ》れられていますよ。僕から見ても怖い」

鴉己と南斗后輝は笑顔を交《か》わす。言えていなかった礼をきちんと伝えることができたし、穏《おだ》やかな雰囲気《ふんいき》になったのに、グゥー、と腹がまた締《し》まりのない音を立てた。嵐の顔はいよいよ真っ赤になる。

「ここにお座り、すぐ食事を用意させよう。果実ばかりだが、かまわないか？」

「……申し、訳――」

「そうそう、僕は酒を取りにきたのでした。肴《さかな》は菊花《きっか》と春蘭《しゅんらん》の塩漬《しおづ》けなんてどうです？」

恥《は》ずかしくていたたまれない嵐を放《ほう》って、にこにこ笑う鴉己はここぞとばかりに盃《さかずき》を傾《かたむ》ける仕草を繰《く》り返した。

緊張《きんちょう》してなにも喉《のど》を通らないと思ったが、仙果は嵐の知らない甘さと瑞々《みずみず》しさだった。

空っぽの胃が「もっとよこせ」と訴《うった》えてきて、もりもり食べてしまう。

「やぁ、すごいねえ、見てて気持ちのいい食べっぷりだ。なんで小さいんだろうね？　そんなに食べるなら縦にも横にも大きくなりそうなものだけど」

「本当に、すみません……」

「かまわぬぞ。よく食べよく鍛《きた》え、よく戦ってこその猛禽じゃ。さ、此方もお食べ」

「玄孫《やしゃご》を見る目になっていますよ、美君」

南斗后輝の宮殿《きゅうでん》を出た鴉己は上機嫌《じょうきげん》で長煙管をくわえ、美酒が入った瓢箪《ひょうたん》をぶらぶら揺《ゆ》らして歩いた。

「きみを連れて行って正解だったよ。美君はたいそう喜んでいたし、御小言はいつもより短かった。旨《うま》い酒ももらえた」

日輪が、鴉己の瞳《ひとみ》と同じ色に染まっていく。まもなく宵《よい》が訪《おとず》れる。

昨日の今ごろは青楼街《せいろうがい》へつづく道を黙って歩いていた。今日も同じ道程を進むと思ったが、鴉己は反対の方向へ長靴《ちょうか》の先を向けた。

またしばらく黙って歩き、清流のせせらぎが聞こえる草原《くさはら》で立ち止まる。

暮れなずむ空を睨《にら》みつけ、腕《うで》を組む。黄金の瓔珞《ようらく》や重ねてつけた腕輪《うでわ》がしゃらしゃらと音を立てた。

「大いなる叛逆、ね……。御爺《おじじ》め、ようやっと気づいたか。いいかげん待ちくたびれたわ」

独り言《ご》ちる鴉己は笑う。先ほどまで上機嫌だったのに、今の声には明らかな苛立ちが含《ふく》まれている。

「どうやって詳らかにするつもりだ？　僕しか知らぬ真偽を」

なぜ苛立っているのに笑うのか、その言葉の真意も、嵐にはわからない。

「――機は熟したな」

昨日と今日だけで整理できないくらいの出来事を見聞きした。

鴉己神将の噂通りのところと、噂と異なるところ。

頭から離れなくなってしまった、〝離宮〟の存在。

鴉己が朱真鳳凰《しゅじんほうおう》たちを『玉煌朱宮《ぎょっこうしゅぐう》の腑抜《ふぬ》けた連中』と言っていたことに、今さらながら気づき、驚《おどろ》く。

九尊の間に立っていた炎琉という名の朱真鳳凰。彼と鴉己のあいだで生じた、刹那《せつな》の諍《いさか》い。

あれはなんだったのだろう。鳳凰の一族の関係は、堅固《けんご》ではないのだろうか。昨日まで遠い存在だったから、わからない。

「さて。いつまできみを預かろうか」

今はっきりとわかるのは、嵐に微笑みかけてくる鵙己がまた笑っていないことだけだった。

「……鵙己さまは、どうして」

「うん？」

これは仮初《かりそ》めの主従関係だから、嵐は玻璃と話した通り、許されるあいだだけ全力で鵙己を守る。そうすべきだ。深入りすることはきっと無礼になる。

頭では理解しているのに、作り物の笑顔《えがお》ばかり見せられて無性に心がざわめいた。

「鵙己さまはどうして面倒《めんどう》でもいらいらしてても笑うんです？」

「――」

力の抜《ぬ》けた流し目ばかりする白金鳳凰が、赤い瞳を限界まで見開く。

「生まれつきの癖《くせ》なんかじゃないですよね？　鵙己さまに作り笑いをさせるなにかがあるんですか？　そんなのはいやだ。すみません、おれは鵙己さまのこと、ぜんぜんなにも知らないのに」

美貌《びぼう》から笑みを消した鵙己はなおも瞠目《どうもく》し、ひどく驚愕《きょうがく》している。その姿を見ても止められずに、嵐は捲《まく》し立ててしまった。

「おれの弟や妹や、甥《おい》や姪《めい》は、とにかくすごいです。喧嘩《けんか》したらめちゃくちゃ怒《おこ》るし、びーびー泣くし、いらいらして雄叫《おたけ》びあげたり。でも抱《だ》き上げてやったら笑って、おれがでかい猪《いのしし》を狩ったら喜んで仲よく食べます。鴉己さまは違うんですか？　笑うのって、楽しいときとか嬉しいときじゃないんですか？　いらいらしてても笑うのは、無理やり笑顔を作るのは苦しくないですか」

言い終わるなり、嵐も目を見開いて硬直《こうちょく》する。

非礼を極《きわ》めた発言で、激怒《げきど》した鴉己に今ここで側仕《そばづか》えの御役を解かれてもおかしくない。

しかし鴉己は怒りもせず作り笑いもしなかった。

蒼《あお》ざめて、「僕に獣肉《じゅうにく》の話をするな」と言っただけだった。

「も、申し訳ありません……。やっぱり鴉己さまも獣肉が苦手ですか？　その、軍場で兵獣をつかんだり、血を浴びたりしても平気そうにされていたので……」

「目的がまったく違うだろ。僕のは瑞郷天を守護するための行動であって、……——じゅ、獣肉、を、……食べる、などと」

獣肉という言葉すら駄目《だめ》なようで、鴉己は話の途中《とちゅう》で「うぇ」とえずき、綺麗《きれい》な貌《かお》をくしゃりと歪《ゆが》ませた。

「最悪だ、僕に二度も聞かせて言わせるとは」

「ああっ！　すみません！」

両手で口を覆《おお》い、「気をつけます……」ともごもご言うと、げんなりしていた鴉己が、ふっと笑った。

「きみ、おもしろい仔だな」

苛立《いらだ》っているのに作り笑いをしたり、ひどく驚愕したり蒼ざめたりと、鴉己の表情は忙《せわ》しなく変わる。今はまた機嫌をよくして蓮華草《れんげそう》の上にごろりと寝転《ねころ》がり「嵐、ほら、脚《あし》、脚」と膝《ひざ》枕《まくら》を求めてくる。

「な、なんでです？」

「僕、側仕えの仔に膝枕してもらうのが長年の夢だったんだ」

「ぐ……」

しれっと発せられたそれは誰《だれ》が聞いてもわかる嘘《うそ》だ。しかし今の嵐にとって〝側仕え〟という言葉ほど魅力《みりょく》的なものはなく、しぶしぶ鴉己の頭の近くに座った。

「あはは、硬《かた》い太腿《ふともも》だねえ。嵐は小柄《こがら》だけど引き締まってるよね」

「おれ、家族に内緒《ないしょ》で鍛練《たんれん》してますから」

「みんなには内緒で？」

「はい。猪……じゃない、果実とかほかにもいろいろ、とにかくたくさん食べて、家族みんなが寝《ね》たころに起きて身体《からだ》を鍛えてるんです」

「そうか。みんなに黙《だま》ってね……。そういうの好きだな」

「軍鳥《いくさどり》になるために鍛えてきました。今はまだ見習いですけど必ず軍鳥になってみせます！」

真剣《しんけん》に聞いてもらえて嬉《うれ》しかったのに、「僕、こっち鍛えてあげるよ」と、いきなり股間《こかん》をまさぐられた。鮮《あざ》やかなほどに手がするする入ってきて、下衣越《ご》しに茎《くき》をぐにぐにと揉《も》みしだかれる。

「ぎゃあ……！」

あはは！と声を出す鴉己の笑顔は真物《ほんもの》のようなので、思いきり拒否《きょひ》できなかった。

「明日、召致《しょうち》か」

鴉己が短くつぶやき、上体を起こす。

嵐の目の前で、長く豊かな白金、薄紅《うすべに》、黄、紫《むらさき》、碧《みどり》の羽が揺れ、煌《きら》めく。溜《た》め息をついてしまいそうなほど美しい様子に見入っていると、鴉己が振《ふ》り向いた。

「あと一日休めるけど、夜明けが来たら軍場《いくさば》へ飛ぼうか。嵐は疲《つか》れてない？」

「はいっ、大丈夫《だいじょうぶ》です！」

まだ鴉己の側仕えとして軍場に出られることがわかり、喜びでいっぱいになる。嵐は元気よく返事をして立ち上がった。

「鎧《よろい》は夕方には磨《みが》き終わってるって玻璃さんが教えてくれました。おれ、今から取りに行きます」

「うん。じゃあ僕は先に青楼街へ戻《もど》っておくよ。嵐がわかりやすいように、昨日と同じ店の同じ大広間で飲んでるからね」

「えっ」

あの独特の雰囲気《ふんいき》が不得意な嵐は思わず低い声を出してしまった。

そして、自分が一日中、派手な白牡丹《しろぼたん》の刺繍《ししゅう》を背負って行動していたことに気づく。

真偽《しんぎ》が明らかになっていない噂《うわさ》はまだ残っていた。〝鴉己神将の巣は青楼街にある〟という噂は本当なのだろうか。

急にうろたえだす嵐を見た鴉己は悪戯《いたずら》っぽく笑う。そうして白金鳳凰《ほうおう》に変容すると、金の砂子をきらきらと舞《ま》わせながら青楼《せいろう》街へ飛んでいった。

・◇・・・

武器や鎧のぶつかり合う音が響《ひび》き、怒号《どごう》が飛び交《か》う縄張《なわば》り争いの最前線は、常に極度の緊張《きんちょう》感に支配されている。

「右斜《なな》め前方より山狗《やまいぬ》中鎧団、来襲《らいしゅう》！」

「斬《ザン》大将の偃月刀《えんげつとう》大隊、迎撃《げいげき》開始しています！」

「宗熙《そうき》天将および猛禽《もうきん》銀鎧団、敵方の盾《たて》兵団を突破《とっぱ》‼」

雨燕《あまつばめ》たちが高速で飛びまわり、目まぐるしく変わる戦況《せんきょう》を囀《さえず》りつづける。斬が振るう偃月刀の黄金の閃《ひらめ》きが嵐のところまで届いた。

しかし今の嵐に鵙己以外を見る余裕《よゆう》はない。

ありがたいのは、不安や恐怖《きょうふ》よりも、初陣《ういじん》のときのような失態はしないという思いが遥《はる》かに勝《まさ》っていることだった。盾を両趾《りょうあし》で持ち、軍場を自在に飛翔《ひしょう》する鵙己に懸命《けんめい》についていき、八方から飛んでくる矢を叩《たた》き落とす。

「さすがは宗熙！　このまま戦線を動かす！　行くぞっ、宗熙につづけ！　皆《みな》で押せ！」

五色の翼《つばさ》と長い尾羽《おばね》を煌《きら》めかせる鵙己が次々と矢を放ちながら号令する。

直後に発生した、ウオォ――という地鳴りに似た轟音《ごうおん》は、武将鳳凰と、父親や兄弟を含《ふく》む数多《あまた》の軍鳥があげた声だった。

嵐も負けじと大声を出す。戦闘《せんとう》の本能が目覚め、血が沸《わ》き立つ。初めて知る武者震《むしゃぶる》いは心地《ここち》よささえあった。

ゴゴ……という大地が揺《ゆ》れるような感覚とともに、禽鳥たちの陣列《じんれつ》が前進する。淡青《たんせい》鳳凰や金鳳凰が猛然《もうぜん》と攻撃《こうげき》をしかけていく。

「いいぞ、もう一度押せっ！」

「敵方の天地を我らの翼で覆い尽《つ》くせ！　ははは！」

血と泥《どろ》と死ばかりの軍場にあっても絢爛美麗《けんらんびれい》を失わず、高笑いによって不吉《ふきつ》を払《はら》い、みずからも敵将を斃《たお》していく白金鳳凰——戦闘の経験が皆無《かいむ》の嵐でもよくわかる、鴉己神将がいる限り、瑞郷天の軍鳥の士気が落ちることは絶対にない。

「きゃっ！」

敵方の矢が途絶《とだ》えた一瞬《いっしゅん》、小さな悲鳴が耳に届いた。

思いもよらない場所から大型の豹《ひょう》が躍《おど》り出る。嵐の眼前で、雀《すずめ》の弓箭隊《きゅうせんたい》が豹に押し潰《つぶ》されていく。

「なにをする!!」

猛烈《もうれつ》な怒りが瞬時に湧いて身体が勝手に動いた。力いっぱい投げつけた盾が豹の兜《かぶと》に当たり、脱《ぬ》げ落ちる。嵐は激怒した勢いのまま兵獣に飛びかかった。

「チッ——」

グアッ！　と威嚇《いかく》の声をあげ、豹の顔面で、バサッ、バサッと翼を大きく羽ばたかせながら叫《さけ》ぶ。

「みんな逃《に》げろ！　早く飛ぶんだ！」

「嵐さま……っ」

「ありがとうございますっ！」

雀たちは上空へ逃《のが》れることができたが、どれほど蹴《け》っても大型の兵獣は倒《たお》れない。

噛《か》みつかれそうになって距離《きょり》を取る。恐怖に陥《おちい》りかけたとき、「嵐！　ここは軍場だぞ！」

という鵯己のよく通る声が聞こえた。

「きみの鋭《するど》い嘴《くちばし》と鉤爪《かぎづめ》はなんのためにある？　容赦《ようしゃ》無用！　眉間《みけん》と眼球を狙《ねら》え！」

「はいっ……！」

軽快な声が恐怖を払拭《ふっしょく》してくれる。小さく旋回《せんかい》した嵐は速度を限界まで上げ、兵獣めがけて飛んだ。嘴で豹の眉間を穿《うが》ち、鉤爪で瞳《ひとみ》を引っ掻《か》く。

「ぐあぁ……ッ」

豹が咆哮《ほうこう》をあげてのたうつ。もう一度攻撃したいが叶《かな》わず、均衡《きんこう》を失った嵐はザザッ……と砂埃《すなぼこり》を立てながら地面を滑《すべ》った。

「小柄な見習いが大型の兵獣と渡《わた》り合っているぞ！　勇ましいことよ！　援護《えんご》する者はいないか⁉」

「おうっ！　参る！」

鵯己の一声で鷲木菟《わしみみずく》の中将が駆《か》けつけ、刀剣《とうけん》を振りおろして止《とど》めを刺《さ》してくれた。

「見習いだったのか。よくやったな！」

「ありが、とう……ござ――」

心臓がどくどくと鼓動《こどう》している。地面にへたり込み、ハアッ、ハアッと荒《あら》い呼吸をする嵐の頭上を、ふたつの大きな影《かげ》が通り抜《ぬ》けた。

「白金鳳凰っ、今日こそ討ち取る！」

鎧を纏《まと》った白虎《びゃっこ》と狼《おおかみ》が牙《きば》を剝《む》き、鴉己に向かって高く跳躍《ちょうやく》する。

守りたいのに盾がない、間に合わない。

「鴉己さま!!」

嵐が叫んだとき、呀《ヤ》ーッ！　という可愛《かわい》らしい鬨《とき》の声がした。

豹から逃れた雀たちが隊列を整え、一斉《いっせい》に矢を放った。小さくも夥《おびただ》しい数の鏃《やじり》に覆《おお》われた白虎と狼が地を転がる。

「はははっ、見事な連携じゃないか！」

愉快《ゆかい》げに笑う鴉己がすらりと矢をつがえ、「そりゃ」と放つ。

黄金の矢は、その軽い掛《か》け声からは想像できないほどの凄《すさ》まじい威力《いりょく》で白虎と狼を諸共《もろとも》に貫《つらぬ》いた――。

昼から始まった激闘《げきとう》は徐々《じょじょ》に勢いを落としていき、夕陽《ゆうひ》が空を染めるころ、鳳凰が戦線を白虎側へ押して小休止となった。

初陣のときと違《ちが》うことは多くある。不安よりも戦闘の本能が働いていた自覚があったし、大型の豹にも立ち向かうことができた。陣営《じんえい》まで飛ぶ体力も残っている。だが嵐は激しく落胆《らくたん》していた。

――最低だ……鴉己さまをお守りするって決めたばっかりなのに。

陣営へ向かう鴉己と嵐のあいだには十数羽の軍鳥《いくさどり》が飛んでいるため、表情を窺《うかが》うことはできない。先ほどは『眉間と眼球を狙え！』と指示してくれたが、本当は勝手に動いた嵐のことを怒《おこ》っているかもしれなかった。

幾《いく》つもの篝火《かがりび》が揺れる陣営に着くと、鴉己は人の姿になって降り立った。嵐もすぐに変容して駆け寄る。

「うぅん……。だるいし、重いなあ」

機嫌《きげん》が悪いのか、だるいのかはわからない。あるいは両方だろうか。物憂《ものう》げな表情の鴉己は黄金の鎧《よろい》を脱ぎ、弓矢とまとめて渡してくる。

「鴉己さまっ、あの――」

黙《だま》って見おろしてくる赤い瞳は半分ほど伏《ふ》せられたまぶたで隠《かく》れている。

鴉己は一瞬だけなにかを思案するようにまばたき、長いまつげを揺らした。そうして小型の白金鳳凰《ほうおう》に変容すると、嵐の右肩《みぎかた》に止まった。

どきっと胸が高鳴る。

『鴉己神将が誰《だれ》かの肩に止まってるところなんか見たことないけどね』――斬の話を聞いて完全に油断していた。あたふたしたり慄《おのの》いたりするのは無礼になることも思い出し、かちかちに固まって突《つ》っ立つ。

「こんなにだるくなること、滅多《めった》にないんだけどなぁ……」

べったりと寄りかかられて、動悸《どうき》が一層速くなった。

頰《ほお》や首筋に触《ふ》れる鳳凰の柔《やわ》らかな羽毛《うもう》。嵐の左肩を流れ落ちる美しい五色の尾羽。目の前を金の砂子が煌《きら》めきながら消えていく。

「水浴びしたい」

「わかり、ました。それでは、水浴び場、へ」

普通《ふつう》にしなければと思うほど、ぎこちない言動になってしまう。右手と右足が一緒《いっしょ》に出そうな勢いで歩きかけたとき、聞き慣れた声が背にぶつかってきた。

「嵐！　待て！」

びくりとして恐《おそ》る恐る振《ふ》り返ると、父親の雷厳と長兄《ちょうけい》の剛が怒《いか》りで顔を真っ赤にしていた。

ふたりは汚《よご》れた顔や鎧もそのままに、そばに来るなり怒声《どせい》を放つ。

「あの勝手な動きはなんだ⁉　おまえの役目は⿰鬼鳥己神将をお守りすることだろう！」

「雀ごときに気を取られ⿰鬼鳥己神将の御身《おんみ》を危険にさらすとは言語道断！」

雷厳と剛は各々《おのおの》の持ち場から嵐の行動を見ていたようだった。「雀ごとき」という言葉が嫌《いや》でたまらないが、父親たちの怒りはもっともで言い返すことができない。

「⿰鬼鳥己神将が兵獣どもの奇襲《きしゅう》を受けたのはおまえが守護を怠《おこた》ったからだ！」

「いざというときは己《おのれ》の身を盾《たて》にしろ！　その覚悟《かくご》がないなら今すぐ軍場《いくさば》を去れ！」

「僕が命じたんだよ」

「えっ……」

思いがけない言葉に、雷厳と剛と嵐は揃《そろ》って驚《おどろ》く。鴉己は気だるげに嘴を動かした。

「雀弓箭隊を救えと、僕が嵐に命じたんだ」

「鴉己神将、しかしながら愚息《ぐそく》の動きはどう見ても……」

「今宵《こよい》は身体《からだ》が重い。話は明朝にしよう。——嵐、水浴び場へ」

「は、はい……父上、兄上、本当に申し訳ありません。今日の行いを猛省《もうせい》し、明日より命懸《いのちが》けで鴉己さまをお守りします！　失礼しますっ」

勢いよく頭を下げすぎて、肩に乗る鴉己をよろけさせてしまった。

水浴び場は汗《あせ》や泥《どろ》を落としたい軍鳥たちで混雑していた。鴉己は空いたところに入って水を浴び、羽づくろいをしたり大将鳥と短く会話したりする。

嵐は、どう行動すればいいか考えた。鎧を脱いで鷲になり、邪魔《じゃま》にならないよう隅《すみ》のほうで手早く水浴びを済ませる。バババッと水を払《はら》ってまた人に変容し、ふたつの鎧を持って鴉己を待った。

行動に不備はなかったようで、小型の白金鳳凰がふたたび肩に乗ってくる。

「鳳凰の天幕は奥にあるよ」

「はい、わかりました」

見習いも下級軍鳥が雑居寝《ざこね》する大天幕を利用できるそうだが、やめておく。深夜まで鴉己の天幕を警固し、そのあとは周辺の木の枝に止まって眠《ねむ》ると決めて、嵐は鳳凰たちの天幕が集まる場所へ向かった。

「わ……、立派な梧桐《あおぎり》ですね」

初陣《ういじん》のときは気づく余裕《よゆう》が皆無《かいむ》だった、陣営の中央に立つ五本の梧桐の木を見上げる。

軍場に長く留《とど》まる武将鳳凰のために瑞郷天から運ばれたのだろう。

「この葉っぱは採っても大丈夫《だいじょうぶ》なものですか？　鵵己さまの寝床《ねどこ》に敷《し》きますか？」

「うん、採っていいよ。ありがたいな」

なんとなく多めに採ったほうがいい気がして、ふたつの鎧と弓矢と大量の梧桐の葉を抱《かか》えて鵵己の天幕へ入った。

灯《あか》りを得るために持っているものをすべて出入り口の横に置く。

「篝から火を取ってくることもできるけど……、そのへんに瑪瑙《めのう》が転がってない？」

「えっと……あっ、ありました」

手《て》探《さぐ》りで見つけた瑪瑙と鋼を打ち合わせ、火種を作って蠟燭《ろうそく》に火を移し、水晶《すいしょう》でできた覆いを被《かぶ》せた。

炎《ほのお》の光が水晶によって八方へ放たれる。明るく照らされた武将鳳凰の天幕は一羽で過ごすには充分《じゅうぶん》広い。しかし汚れた衣服が脱《ぬ》ぎ捨てられ、幾つもの空の瓢箪《ひょうたん》や、仙果が入っていたとおぼしき籠《かご》が転がっていて、思いのほか雑然としている。

寝床にあるのは萎《しな》びたり枯《か》れたりした葉ばかりだった。

「梧桐の葉っぱ、今まではどうされてたんですか？」

「必要なぶんだけ自分で敷いてたよ」

億劫《おっくう》そうな返事を聞いた嵐は、父親の『鴉己神将はこれまで側仕《そばづか》えを置かれたことがない』という言葉を思い出す。

なんでもおひとりでされるのかな、でも片づけは得意じゃなさそうだな。多めに採ってきてよかった——そのようなことを考えながら、小さな白金鳳凰を肩に乗せたまま、せっせと古い葉を取り除いて瑞々《みずみず》しい梧桐の葉を敷いた。

「やあ、ふかふかの寝床は久しぶりだ。ありがとう」

できたての寝床に降り立った鴉己は人の姿になり、ごろりと横たわって、長煙管《ながギセル》や火打ち道具が載《の》った盆《ぼん》を引き寄せる。

「身体はだるいけど気分はすごくいい」

父親と長兄はあれほど激怒《げきど》したのに、鴉己が怒らず上機嫌なのはなぜだろう。

許しを乞《こ》う機会を見出《みいだ》せないまま訊《たず》ねる。

「陣営には仙果とかお酒もあるんですか？　もらってきましょうか？」

「あるけど僕はいいよ。明日起きたら食べる。嵐のぶんだけ取っておいで」

「おれも大丈夫です。では天幕の外をお守りします！」

「そういうの要《い》らないんだよね、僕強いから……」

同じ台詞《せりふ》を告げられるのはこれで三度目だった。耳にするたび、冷たく突き放されたような心持ちになってしまう。

鵙己は梧桐の葉を手に取り、くる、くる、とまわす。

「それより、言いたいことがあるんじゃないの。陣営に戻《もど》ってからどことなく上の空だ」

「……」

天幕の出入り口へ向かいかけていた嵐は、寝床のすぐ近くまで戻って端座《たんざ》した。固い土の床《ゆか》に両手をつき、額を打ちつける。

「先ほどは勝手な行動をしてしまい申し訳ありませんっ。小さな雀《すずめ》たちが傷つくのは弟や妹や甥姪《おいめい》が傷つくのと同じで、どうしても許せなかったんです」

「かまわないよ。額《ぬか》ずくようなことじゃない、顔を上げなさい」

強い語調で促《うなが》されて顔を上げると、鵙己は「土、ついてるよ」と長煙管で蓮花印《れんかいん》に触れた。

嵐は額をごしごし擦《こす》る。

「趾《あし》が地面につくのは絶対に嫌だけど、額も嫌だなぁ。そう簡単に額ずくものではないよ」

苦笑いをしながら器用に片手だけで火打ち道具を操《あやつ》り、長煙管に火をつけた。

香烟《たばこ》を喫《の》むところを何度か見たけれど、いま初めて知る。長煙管は年季が入っていて、牡丹《ぼたん》の鎗金《そうきん》が施《ほどこ》された、とても美しいものだった。

天幕が白檀《びゃくだん》に似た不思議な薫《かお》りで満たされていく。鵙己は形の綺麗《きれい》な唇《くちびる》を開き、紫煙《しえん》に短い言葉を乗せた。

「僕は此度《こたび》の嵐の働きを評価する」

「え……」

「嵐の動きに問題はなかったということだ。軍場では戦術通りに事が運ぶなど滅多になく、一《いっ》瞬《しゅん》一瞬の判断が要求される。もし嵐が型通り僕の盾になっていたら、二匹《ひき》の兵獣《へいじゅう》によって殺され、雀弓箭《きゅうせん》隊は全滅《ぜんめつ》していたかもしれない。しかし嵐は雀弓箭隊を救い、救われた彼らが二匹の兵獣の動きを封《ふう》じ、僕が止《と》めを刺《さ》した。素晴《すば》らしい戦果と思わないか？　きみの父兄は頑固《がんこ》だな。鳳凰《ほうおう》の盾になって死にたがるのは猛禽《もうきん》の悪い癖《くせ》だ」

驚いた嵐は、五色の長いまつげを伏《ふ》せて長煙管を吸う鴉己を見た。

あの身勝手な行いが許されるなんて、それだけでも信じがたい喜びなのに、身に余る言葉に心が震《ふる》える。

頷ずいたことを注意されたばかりだから「ありがとうございます」と顔を深く伏せ、さっと上げた。

「でも、やっぱり勝手な行動はしたくないのですが……頭が真っ白になるくらい怒《おこ》ったのは生まれて初めてで、怒りで身体が勝手に動くなんて、自分じゃないみたいでした。またあんなふうになってしまったらと思うと、怖《こわ》いです」

恐怖《きょうふ》を口にするのは情けないが、自身で制御《せいぎょ》できない正体不明の激情は怖い。

鵤己は揶揄《やゆ》せずにいてくれた。「ふむ」と、ふたたび長い紫煙をくゆらせる。

「軍場《いくさば》における怒りや激怒は戦闘《せんとう》の本能に因《よ》るもので、僕ら軍鳥《いくさどり》には不可欠だ。怒りによって恐怖が消え、出せる力が増幅《ぞうふく》される。先ほどの嵐の激怒は軍場において正常なものだった。嵐は朗《ほが》らかな性格をしているからね、戸惑《とまど》っただろうけど気に病《や》まなくていいよ。ただ、怒りだけに頼《たよ》っていてはいずれ必ず戦死する。時として制御することも必要だ。その方法は誰《だれ》からも学べない、各々《おのおの》が軍場で感覚をつかんでいくしかない」

「……はいっ。ありがとうございます！」

　正体不明だった激怒の本質を学び、対応のしかたを教わると、胸の閊《つか》えと恐怖が消えた。

　暗く沈《しず》んだ声と表情を一瞬で明るくしたのが可笑《おか》しかったのだろうか、鵤己は肩《かた》をわずかに揺《ゆ》らして笑う。

「大型の兵獣に雀や雲雀《ひばり》らを傷つけられるのは僕も癪《しゃく》に障《さわ》る。嵐は幼い家族に見えるならなおのことだろう。弟妹《ていまい》は何羽いる？」

「弟と妹と甥姪を合わせて十一羽です！　あと、もうすぐ孵化《ふか》する卵がみっつあります。今からとても楽しみです」

「下の仔《こ》もたくさんいるんだねえ。名前を呼びまちがったりしないの？　僕は憶《おぼ》えられる自信ないな」

「父上や兄上はまちがいますが、おれは卵のときからずっと見てきてますし毎日遊び相手してるのでまちがえません。ちびたちはみんな丸くてふわふわで可愛《かわい》いです。でも羽の模様や瞳《ひとみ》の色も少しずつ違《ちが》いますし、性格はばらばらですから」

『獣肉《じゅうにく》』という言葉を出さないよう気をつけながら弟妹たちの話をすると、鴟己はにこにこ笑って聞いてくれた。

「嵐の弟妹らの話は興味深いね。これで酒が飲めたらよかったのになぁ。僕、あんなふうに、ばたーん！　って倒《たお》れるところ初めて見たよ」

「すみません……」

昨夜、鎧甲衙門《がいこうがもん》で鎧《よろい》を受け取って青楼街《せいろうがい》へ行った嵐は、鴟己や猛禽たちに勧《すす》められた酒を飲んで卒倒《そっとう》し、後頭部を強打した。患部《かんぶ》を冷やして寝《ね》るだけだから、鴟己は遊君たちと過ごせばいいのに、なぜか『介抱《かいほう》してあげる』と言って聞かない。不覚にも二夜連続で同衾《どうきん》することになり、また猥言《わいげん》を聞かされ下肢《かし》をいじられた。

一昨夜と同じで『いやだ』と拒《こば》むと、手はすぐ離《はな》れていったが――。

「猛禽は酒に強いはずなんだけど。香烟は？」

「喫まないです」

「交尾《こうび》もしたことないんだっけ？」

「ぅ、……は、い。求愛行動にぴんとこないんです。雄《おす》同士で集まるときは『あの仔すごく綺麗だね』とか、話すんですけど……。弟や妹や甥姪が本当に可愛くて、自分が番《つが》うより、ちびたちや卵を守りたいって思います」

「えぇ。酒も香烟も性交もしないって……きみ本当に猛禽なの？」

　赤い瞳を半開きにした鴉己が、コト、と長煙管を置く。

「せめて房事《ぼうじ》だけでも上手《うま》くなってないと、この先困るのは嵐だよ？」

「まったく困らないです。――わっ」

　寝床《ねどこ》のすぐそばに座っているのに、油断してしまっていた。腕《うで》を取られた次の瞬間には梧桐《あおぎり》の上に寝かされた。長軀《ちょうく》が覆《おお》い被さってくる。

「鴉己さま、陣営《じんえい》に戻ったときからずっと『疲《つか》れてる』って……寝てください」

「僕、疲れたなんて一度も言ってないけど？　身体《からだ》がだるくて重いんだ、ずっと射精してないからね。二、三回抜《ぬ》いたら少しは身軽になる」

「ひぃー……」

　一昨夜と昨夜につづき今日も慄《おのの》く羽目になった。見惚《みと》れるほどの綺麗な貌《かお》とは結びつかない卑猥《ひわい》なことをすらすら言わないでほしい。

　そして思い出す。たしかに鴉己は『だるいし、重いなあ』や『今宵《こよい》は身体が重い』と言っただけで、「疲れた」は一度も口にしていなかった。

「うわぁっ」

　鴉己は恐《おそ》ろしいほどの手さばきで下衣を剝《は》ぎ取る。前を守るためにうつ伏《ぶ》せになったが無駄《むだ》で、腿《もも》のあいだに熱くて硬《かた》いものがぬるりと差し込まれた。

「なんでっ？　……そんな、一瞬で……!?」

「そりゃ一瞬で勃起《ぼっき》するよ。嵐に入れたくてたまらないもの」

「ひ……、あぁっ？　なに、するんですっ」

尻《しり》の丸みを揉《も》みしだかれる。うしろに手をまわし、必死で鴉己の手をつかむ。

「小さくて弾力《だんりょく》がある、可愛い尻だね。僕、きちきちの狭《せま》い孔《あな》に入れて、ぎゅうって締《し》めつけられるのが好きなんだ。嵐は鍛《きた》えてるし、上手にできるよ。してほしい」

強烈《きょうれつ》すぎて受け止められない。

今すぐ両耳を塞《ふさ》ぎたいが、それをすれば下半身をさらに好き勝手されてしまう。熱くなった耳殻《じかく》に鴉己が唇を押し当て、甘い声でささやいてくる。

「ねえ、嵐《ラン》。いいって言ってよ。嵐がそのひとことさえ言ってくれたら交尾できる」

「い……」

「いいだろ？　いいよね？　怖いことは絶対しないよ、すぐ気持ちよくするから――」

「いやです！」

言いきると同時に両手が離れ、耳に触《ふ》れていた唇も、下肢の熱も離れていった。

すぐさま身なりを整えて、ほっと安堵《あんど》したのも束《つか》の間、赤い眼《め》をかっと見開いた鴉己が物凄《ものすご》い剣幕《けんまく》でわぁわぁ文句を言いはじめる。

「僕を何度拒むつもりなんだ！　もう十日以上も射精してない！　一昨夜も昨夜も青楼へ行ったのに射精できなかったのは嵐のせいなんだぞっ」

「すみ、ませ……」

「十日以上も！　かつてない苦行だ、いや重罰《じゅうばつ》だ、僕が罪を犯《おか》したかっ？」

「あ、あの、鵙己、さ」

「勃起した陰茎《いんけい》を衣服の中に仕舞《しま》ったことなど、いまだかつて一度もなかった。それが一昨夜と昨夜につづいて今夜まで……！　勃起した陰茎を衣服の中に仕舞うことがどれほどの虚《むな》しさと苦悶《くもん》を生むか、きみも雄ならわかるだろ!?」

「うぅ……二回も、言わなくても」

「罹病《りびょう》したらどうしてくれるんだ、莫迦《ばか》っ、嵐の莫迦！」

「あっ、その点はご安心ください、鵙己さまは病気になりません。なぜかと言いますと、おれは経験がないですし、その……自分、でも……、ほとんど……、――ですけど、病気になってませんし風邪《かぜ》だって一度も引いたことない健康体ですから」

嵐は真面目《まじめ》に言っているのに、鵙己は堪《こら》えきれぬとばかりにプッと噴《ふ》き出し、「ははは」と笑った。

「嵐は自慰《じい》もほとんどしないのかぁ。なるほどねえ。でもそういう仔ほど情事の快楽を知ればそれに嵌《は》まるものだ。抜け出せないくらい、僕がずぶずぶに嵌めてあげる」

笑いながら、聞くに堪《た》えない猥言をまた連発した。完全に閉口した嵐の身体を解放し、梧桐の葉の寝床に肘枕《ひじまくら》をする。

大仰《おおぎょう》に目を剝《む》いたのも怒濤《どとう》の文句も、芝居《しばい》じみた戯《ざ》れ事だった。そうと気づけず、私的な事情を打ち明けてしまった嵐は涙目《なみだめ》になって訴《うった》える。

「ひどいです、あんまりです」

「ごめん、顔を赤くする嵐が可愛いものだから。——あっ、言っておくけど拒まれて苛立《いらだ》ったのは本当だからね。僕けっこう根に持つよ、嵐が拒むのをやめて僕と交尾するまでずっと根に持つ」

「……」

執念《しゅうねん》深いことを飄々《ひょうひょう》と言われて、どれが真実でどれが戯《たわむ》れなのか、わからなかった。言葉の返しようがなくて口角をぐうっと下げると、鴉己はまたにこにこ笑う。

「嵐は本当におもしろくて可愛いな。雷厳たちが嵐の出陣《しゅつじん》を限界まで渋《しぶ》ったわけがよくわかるよ。さっきの『今すぐ軍場を去れ』という言葉からして、雷厳はまだ諦《あきら》めてないようだね。可愛い息子《むすこ》を失いたくない親心だ」

父親の気持ちは嬉《うれ》しい。でも過酷《かこく》な軍場に出て、己の小ささと非力を知り、軍鳥《いくさどり》になりたいという思いが一層止められなくなった。

うつ伏せに寝ている嵐は身体を動かして仰向《あおむ》けになり、両手を胸に乗せて、斑《まだら》模様の光を映す天幕を見上げた。

「おもしろいとか可愛いとか、そんなんじゃだめなんです。おれはもっと鍛えて戦闘《せんとう》の経験を積んで、強い軍鳥になりたいんです」

「なぜ軍鳥にこだわる？　瑞郷天を警邏《けいら》する番兵鳥や、玉煌朱宮《ぎょっこうしゅぐう》の近衛《このえ》鳥——猛禽類《もうきんるい》の御役《おやく》はほかにもあるよ。どれも重要な務めだ」

「はい。……でも」

鵙己の言う通りで、番兵鳥、近衛鳥、軍鳥、どの御役になっても、きっと猛禽類特有の戦闘の本能は満たされる。

雀《すずめ》の弓箭《きゅうせん》隊を助けられて嬉しかった。しかし、鵙己の『嵐の働きを評価する』というなにより得がたい言葉よりも、激怒《げきど》した父親たちの厳しい言葉が胸に残っている。

「番兵鳥も近衛鳥も大事な御役目です。でも、おれは」

雀たちを助けたことは絶対にまちがっていないが、自分に納得《なっとく》がいかない。そう感じたとき、目指すものが見えた。

嵐は、初陣《ういじん》前夜に決めた『軍鳥になるために鵙己神将を守る』という考えを改める。

側仕《そばづか》えは一時的なものということを理解したうえで、はっきり口にした。

「鵙己さまをお守りするために、おれは軍鳥になります。盾《たて》になって死ぬんじゃなくて、自分の力で守れるようになりたいです」

「――。そうか」

　また『僕強いからそういうの要《い》らないんだよね』とあしらわれるのは少しつらい。そう思っていたけれど、鴉己は言わずにいてくれて、嵐は安堵したし嬉しくなった。

「じゃあさ、僕に背中を向けて寝てよ。それくらいできるだろ？」

「……」

『じゃあさ』の意味が今ひとつわからない。嵐はそろそろ起きて天幕の外を警固しようと思っているのに。

「僕に背中を向けて寝《ね》なさい」「おれは天幕の外を……」と、やりとりを繰《く》り広げた末に横臥《おうが》させられた。鴉己が嵐の羽に顔を埋《う》め、すうっと息を深く吸う。

「素晴《すば》らしいね……血と埃《ほこり》だらけの軍場《いくさば》にいても、嵐の髪《かみ》と羽には陽光の匂《にお》いがある」

「そう、ですか？　自分ではわからないです」

　羽には届かないので服や腕《うで》をすんすんと嗅《か》いでみる。鴉己は本当に身体がだるくて重く、そしてやはり疲れてもいるのだろう。声がすぐに眠気《ねむけ》を帯びた。

「わからないの……？　陽光の……あたたかい、匂いだよ」

　今にも眠りに落ちそうになっている。

　次につぶやいたそれは、もう寝言だったかもしれない。

「……離宮《りきゅう》は、暗くて……湿気《しっけ》が酷《ひど》くて、さ……。劣悪《れつあく》、だ……った……」

どくん、と心臓が跳《は》ねる。

また出てきた、〝離宮〟――。

聞くたび不穏《ふおん》さが増すように感じられた。

『鴉己の力によって、私だけが離宮を脱《だつ》することになった』――玻璃の言葉を思い出し、嵐はわずかな寒気を覚える。

脱するとは、逃《に》げるということではないだろうか。

離宮にどれだけの数の雛鳥《ひなどり》がいたかは、わからない。もしかしたら多くいたかもしれない。

――でも……仮に、鴉己さまと玻璃さんだけだったとしたら……。

玻璃を逃がしたのち、鴉己は『暗くて湿気が酷くて劣悪』な離宮で、たった独りで過ごしたことになる。

想像するだけで胸が締《し》めつけられ、怖《こわ》くなった。

嵐の羽に顔を埋めている鴉己の寝息は一昨夜や昨夜と同じで、とても穏《おだ》やかだ。

よくないほうに考えすぎだろうか――眠れなくなった嵐は、鴉己の寝息にいつまでも耳を傾《かたむ》けていた。

翌日は早朝から積極的に行動した。

飲食物を扱《あつか》う天幕へ行って大量の果実を受け取り、鴉己の天幕へ運んで、ふたりとも満腹になるまで食べる。

玻璃たちのように上手《うま》くできないけれど、ふたつの鎧《よろい》に付着した血や泥《どろ》を布地で拭《ぬぐ》った。

武将鳳凰《ほうおう》と大将鳥が短い軍議を行うあいだに庫《くら》へ行き、新しくて頑丈《がんじょう》な盾を選び、入るだけの矢を矢《や》筒《づつ》に詰め込んだ。

軍議が終わり、軍鳥は各々《おのおの》戦線へ向かう。

鴉己が矢筒を背負って弓を持ち、嵐も盾を抱《かか》えたとき、天幕の入り口をぽすぽす叩《たた》く音が聞こえて泣きそうな声がした。

「鴉己神将っ、おられますかっ……？」

嵐は急いで入り口を開け、足元に視線を落とす。陣営の留守番役を務める小さな鷸《しぎ》が羽毛《うもう》をもこもこに膨《ふく》らませて震《ふる》えていた。

「出陣前に申し訳ございませんっ。先ほど孔雀《くじゃく》さまが陣営に来られまして、『鴉己神将はどこか？』と……」

「孔雀ぅー？」

頓狂《とんきょう》な声をあげた鴉己と、きょとんとした嵐は、目を合わせて首をかしげる。公卿《くぎょう》鳥が軍場に来るなど聞いたことがない。

「なにしに来たの？」

「申し訳ございません、わかりません……。『鵯己神将はどこか？』としか仰《おつしや》らず……。わたくし、どうしたらいいか……」

「なんだかよくわからないけど、きみの手を煩《わずら》わせるのは嫌《いや》だなぁ。今から会うよ、きみは持ち場へお戻《もど》り」

「はいっ。ありがとうございます！　孔雀さまは広場におられます。失礼いたします！」

ぺこりと頭を下げてタタッ……と走っていく鷚のあとにつづいて、鵯己と嵐は天幕を出た。

皆《みな》が出陣して静かになった広場に宮廷《きゆうてい》服を着た孔雀が立っている。

そばには彼が乗ってきた轎《かご》があり、四羽の担《かつ》ぎ役が片膝《かたひざ》をついていた。

白粉《おしろい》を厚く塗《ぬ》った顔と丸い眉《まゆ》、頬《ほお》に描《えが》かれた不思議な模様、上唇《うわくちびる》だけにさされた紅――公卿鳥特有の化粧《けしよう》をした孔雀は、軍場の臭《にお》いが気になるのだろうか、装飾《そうしよく》が施《ほどこ》された袖《そで》で鼻と口を覆《おお》っていた。

長軀《ちようく》の鵯己は孔雀を見おろして訊《たず》ねる。

「こんなところまでよく来たねえ。嫌じゃなかったの？」

「至急の御通達でございますので、致《いた》し方なく」

「ふぅん。じゃあいつものごとく御役の擦《なす》りつけ合いをして、最後にきみが貧乏籤《びんぼうくじ》を引いたわけだ」

話を聞き流した孔雀は、こほこほと小さな咳払《せきばら》いをしたのち、恭《うやうや》しく一礼して令状をはらりと開いた。

「炎琉さまより御通達でございます。急ぎ玉煌朱宮へ戻るように、と」

「あははは！」

高笑いが広場に響《ひび》き、嵐は孔雀と一緒《いっしょ》になって驚《おどろ》いた。笑い声には愉快《ゆかい》さと強い皮肉が混在しているように聞こえる。

炎琉という名は記憶《きおく》に新しい。九尊《くそん》の間で鵖己と刹那《せつな》の諍《いさか》いをした若い朱真鳳凰《しゅじんほうおう》の名だ。

「………」

嵐は、嗤《わら》う鵖己の横顔を見つめながら考えを巡《めぐ》らせる。

南斗后輝の宮殿《きゅうでん》を訪ねたとき、彼女は鵖己に『明日、召致《しょうち》がかかる』と伝えていた。

鵖己はそののち『あと一日休めるけど、夜明けが来たら軍場へ飛ぼうか』と言ってきた。

嵐はまだ側仕えとして軍場へ出られることに浮《う》かれて、鵖己が休息日まで戦闘《せんとう》に充《あ》てるその理由を考えようとしなかった。

今になって気づく。一連の行動は〝召致に応じない〟という意思表示ではないだろうか。

もしそうなら、丹天老君や九尊鳳凰たちは快く思わない。

なぜ令状の主が炎琉なのか、それがわからなかった。丹天老君が指示したのか、炎琉が願い出たのか――。

「遠路はるばるご苦労だった」

鵖己は五色のまつげを揺《ゆ》らし、にっこり微笑《ほほえ》む。

「きみにここの汚濁《おだく》した空気はつらかろう。今すぐ帰れ」

「……は。それでは鵖己神将、帰還《きかん》の御支度《おしたく》を――」

白金鳳凰は、背を流れる長い羽を膨らませ、赤い瞳《ひとみ》を見開いて言った。

「今すぐ帰って炎琉に伝えろ。寝言は寝てから言え、とな」

「なん、と……!?」

孔雀が身を強張《こわば》らせて令状を取り落とす。

嵐もふたたび孔雀と一緒になって驚愕《きょうがく》した。

普段《ふだん》、飄々《ひょうひょう》としている鵖己は、煌《きら》めく羽の下に瑞獣《ずいじゅう》の強烈《きょうれつ》な威光《いこう》を隠《かく》し持っている。

恐《おそ》ろしくも美しい姿に嵐の胸はどきどきと高鳴った。

孔雀が白塗りの顔を真っ赤にしたのは、主《あるじ》の令状を足蹴《あしげ》にされた羞恥《しゅうち》のせいもあるだろうが、嵐と同じように、瑞郷天で最も美麗《びれい》な鳳凰の真の姿を垣間見《かいまみ》たからだろう。

沈黙《ちんもく》が降りてくるよりも先に、遠くから、ドォン……という爆裂《ばくれつ》音と鬨《とき》の声が聞こえて、鵖己はぱっと表情を変え、いつもの口調に戻ってつぶやいた。

「おっとこれはいけない。嵐、急ぐよ」

「は、はい」

また物見遊山《ゆさん》へ向かうような言いかたをして鳳凰に変容し、飛んでいく。

今の短いやりとりが、あとになって鴉己さまを追い詰めたりしませんように。きっと杞憂《きゆう》に終わる——嵐は、硬直《こうちょく》したままの孔雀に深く辞儀《じぎ》し、鷲《わし》になって白金鳳凰を追いかけた。

翌日からは軍議を見学することが許された。嵐は大天幕の隅《すみ》に立ち、貴重な機会をもらえたことに胸を弾《はず》ませる。

武将鳳凰と大将鳥や中将鳥たちが机を囲み、鴉己が火のついていない長煙管《ながギセル》で地図をトントンと叩《たた》いた。

「ここ。そろそろ切り崩《くず》したいところだがねえ」

「申し訳ございません、大鷲《おおわし》重鎧団が連日攻《せ》め入っているのですが、敵方の陣《じん》も強固でありまして……」

「今日は烈も鸚涼《おうりょう》も休息中か。じゃあ僕が出る」

「しかし鴉己神将っ、該当《がいとう》地点の戦況《せんきょう》は極《きわ》めて混沌《こんとん》としており、大きな危険が伴《ともな》います」

「大丈夫《だいじょうぶ》だよ僕強いから。大鷲重鎧団の攻撃《こうげき》は継続《けいぞく》させろ、奇襲《きしゅう》には隼《はやぶさ》を二十羽と、雀《すずめ》は百十ほどいれば充分《じゅうぶん》かな」

その日、鴉己は、嵐を含《ふく》む総勢百三十羽の軍鳥《いくさどり》を率いて大規模な奇襲をかけ、膠着状態《こうちゃくじょうたい》だった戦線を動かした。

巨大《きょだい》な両翼《りょうよく》と身体《からだ》より長い尾羽《おばね》、頭頂部を飾《かざ》る冠羽《かんう》に、白金、薄紅《うすべに》、黄、紫《むらさき》、碧《みどり》を有する、絢爛《けんらん》を極めた白金鳳凰。

血腥《ちなまぐさ》い軍場《いくさば》にあっても絢爛美麗《びれい》を失うことなく、超絶《ちょうぜつ》的な弓術《きゅうじゅつ》で敵将を討《う》ち、軍鳥たちの士気を高める——あの勇姿を見たら、誰《だれ》でも憧《あこが》れずにはいられない。

しかし嵐が抱きはじめたのは憧憬《どうけい》だけではなく、惹《ひ》かれていることを隠《かく》したくなるような、知られると恥ずかしいような、上手《うま》く言葉にできない感情だった。

そして側仕《そばづか》えの日々は思いがけず、時間を追うごとに濃密《のうみつ》なものになっていく。

激闘《げきとう》を終えて陣営に戻《もど》り、水浴びをして天幕で食事を済ませると、鵺己が手を伸ばしてくるようになった。

想像していた側仕えとは違ってきているけれど、御役をやめたいとは思わない。軍場で輝かしい英姿を目にするたび、天幕で触れられるたびに、瑞獣の威光を剝《む》き出しにした恐ろしくも美しい鵺己を見たときの胸の高鳴りまで蘇《よみがえ》ってしまう。

——おれ……どうしてしまったんだろう……。

今宵《こよい》も、昨夜と同じだった。

梧桐《あおぎり》の寝床《ねどこ》に座った鵺己に腕を取られ、逞《たくま》しい脚の上に座らされる。袍服《ほうふく》の裾《すそ》から入ってきた大きな手が、丈の短い下衣をたやすく突破して下帯にまで届きそうになる。

「う……。いや、ですっ」

そう言うと手は必ず離《はな》れていく。鴉己が無理強《むりじ》いをすることは決してない。しかし昨夜と違い、腿《もも》の内側を人差し指でツッ……と強く押し撫《な》でられ、脚《あし》がぴくんと跳《は》ねた。

「……っ」

「嵐は悪い仔《こ》だな。僕を守ると言って近寄ってくるくせに、僕を拒《こば》んでばかりだ」

甘ったるい声で咎《とが》められて、どう受け答えすればいいのかわからずに困り果てる。嫌《いや》だと言ってしまうのは、急激に変わろうとする心に嵐自身がついていけていないからだった。

鴉己も一夜ごとに変わっていく。最初は単なる戯《たわむ》れに過ぎなかった。あたふたしたり赤面したりする嵐の反応が珍しくて、からかっていただけだ。

今、嵐へ向けてくるまなざしに揶揄《やゆ》の色はない。搦《から》め捕《と》るように見つめられて、怯《ひる》んでしまいそうになる——。

翌夜、鴉己は天幕の中の肘掛椅子《ひじかけいす》に腰かけ、嵐を片方の腿に座らせた。筋肉質の腕が腰にまわってくる。

「交尾が怖いと言うならあと数日だけ我慢しよう。今宵は性器同士で愛撫《あいぶ》し合いたい。嵐もしたいだろう？　前にしたとき、嵐はよく感じて可愛《かわい》らしく腰をくねらせていた」

「うぅ」

恥ずかしげもなく乞う様子は好色な瑞獣そのもので、嵐は一瞬で頬《ほお》が熱くなった。

鴉己は我慢する気もあの行為だけで終わるつもりもないと思う。強烈な雄《おす》の色香に呑《の》まれそうになりながらも、腿の付け根に触れようとする手をどうにか袍服の中から追い出した。

「また僕を拒むのか。……ずいぶん強固な守りだ」

わざと目線を下げて上目遣《うわめづか》いを寄越《よこ》し、鴉己は笑う。その笑顔に、なにかが隠れている。

なんだろう、苛立《いらだ》ちに似ているが違っていた。

「――」

隠れているものがなんなのかを考えようとした嵐は、笑う鴉己の瞳の奥に孤独《こどく》を見てしまった。

強靭《きょうじん》な白金鳳凰の瞳にそのようなものが存在しているとは思いもしなくて、嵐を見上げてきている鴉己の顔をのぞき込む。家族や遊君の言葉が蘇る。

――鴉己神将はこれまで側仕えを置かれたことがない。

――誰かの肩《かた》に止まってるところなんか見たことないけどね。

――おひとりで休まれるか、眠《ねむ》らずにどこかへ行ってしまうのよ。

「……」

青楼《せいろう》で遊君たちを抱《だ》いても、眠るときは独《ひと》り。

軍場でも陣営でも数多《あまた》の軍鳥に囲まれているけれど、側仕えを置かず誰の肩にも止まらず、散らかった天幕で独り眠っていた鴉己。

赤い瞳は柘榴《ざくろ》石《いし》のように美しい。そして、とても寂《さみ》しい。

鴉己は暗くて湿気《しっけ》が酷《ひど》い離宮《りきゅう》で、たった独りで過ごしていたかもしれない――根拠のない余計なことまで思い起こされる。

孤独や寂しさばかりは嫌だった。ほかのなにかを見つけ出したくなって、嵐は鴉己の目許《めもと》に触れてしまった。

その瞬間、赤い瞳が孤独を消して熱を宿す。蓮花《れんか》印《いん》が額に触れてくる。鴉己の吐《と》息《いき》が唇《くちびる》にかかり、嵐はびくっと身を揺《ゆ》らした。

「接吻《せっぷん》だけでも気持ちよくなれる。嵐も知っているだろう？」

「……鴉己、さま」

「ほら。嫌って言わないと、してしまうよ」

「――」

言えば、鴉己の瞳から消えた孤独がまた戻ってくるかもしれない。そう思うと、極めて短いその言葉が出せなかった。

形の綺麗《きれい》な唇が、嵐の唇に重なる。

「嵐……」

腰《こし》を抱く腕《うで》に、ぐっと力が込められる。舌が急《せ》くように入ってくる。何度も顔の角度を変えて深く口づけてくる鴉己の袍服を、嵐はぎゅっと握りしめた。

夜明け前の陣営に変事が起こったのは、炎琉の令状を持った孔雀《くじゃく》を帰してから五日目のことだった。

騒ぎを聞いた嵐は跳ね起きて天幕の外へ飛び出す。間もなく天空の端《はし》が白くなりそうだが、地上にはまだ夜陰が淀《よど》んでいた。松明《たいまつ》を持った長兄の剛が、慌《あわ》てた様子で走ってくる。

「嵐っ、鴉己神将は眠っておられるのかっ？」

「起きてるよ、なにごとだ」

天幕から出てきた鴉己に、剛は辞儀《じぎ》するのも忘れて告げた。

「太師さまがっ……、仙鶴《せんかく》さまがおいでになられました……！　ひ、広場に」

「なんだと」

鴉己が駆けだす。剛と嵐はあとを追う。

広場は篝火《かがりび》で煌々《こうこう》と照らされ、数多《あまた》の軍鳥《いくさどり》が一様に膝《ひざ》を折っていた。その中心に、ひときわ煌《きら》びやかな轎《かご》がある。剛と嵐も片膝をついた。

鴉己が轎に近づく。中の椅子に座る仙鶴の白髭《しろひげ》は、毛先が足乗せ台に触れるほど長い。

太師と呼ばれる仙鶴は最高位の公卿《くぎょう》鳥で、宮中の深部から出ないため、大衆鳥の前に姿を見せるのは鳳凰よりも稀《まれ》だった。

　ざわめきも軍鳥たちの視線もまるで意に介《かい》さない仙鶴は、轎からおりもせず、瑞獣《ずいじゅう》である鴉己に対し一礼もせず、高い位置から告げた。

「鴉己どの、直ちに帰還《きかん》なされませ。丹天老君さまの御下知《ごげち》に御座りますれば」

　緊急《きんきゅう》の短い軍議を終えると、鴉己は帰還団の集合を待たずに嵐を連れて陣営を発《た》った。

　しかし、瑞郷天に帰り着いても玉煌朱宮《ぎょっこうしゅぐう》へ向かう様子を見せない。

「鎧《よろい》を預けておいで。僕は市場で服を買ってから大衆浴場へ行くよ。大衆浴場の場所は知ってる？」

「はい、知ってます。すぐ向かいます」

　急いで鎧甲衙門《がいこうがもん》へ行って玻璃と梟《ふくろう》の師匠《ししょう》衆に鎧を預け、大衆浴場へ飛ぶ。

　鴉己は嵐の衣服まで買い揃《そろ》えてくれていた。血と泥《どろ》を洗い流して着替《きが》えたあとはまた市場へ戻り、今度は仙果を買って食べ歩く。果実が入った紙包みを手渡《てわた》してくる。

「あとは嵐がお食べ」

「ありがとうございます。いただきます……」

食欲《しょくよく》があまりなく、ぽそぽそと無花果《いちじく》を齧《かじ》った。

最高位の公卿鳥・仙鶴を軍場へ寄越《よこ》した丹天老君の怒《いか》りは相当なものに違いない。

ようやく鳳凰《ほうおう》の城へ足を向けた鵙己は今なにを思惟《しい》しているだろう。印籠《いんろう》や翡翠《ひすい》の佩玉《はいぎょく》をじゃらじゃら鳴らして進む歩調はいつもと変わらず、指先まで隠れる長い袖《そで》をぶらぶら揺《ゆ》らしているのも同じだった。

大楼門《ろうもん》をくぐって石造りの巨大な階段を上り、玉煌朱宮へ入る。

辞儀《じぎ》をしてくる命婦《みょうぶ》鳥や高官鳥に軽く応じる。

九尊の間の入り口が見えると、鵙己は初めて以前と異なることを言った。

「今日はここで待とうか」

「はい」

「数分で戻るつもりだよ。だから四半時が経っても僕が戻らないときは、烈でも青牙でも誰でもいい、武将鳳凰と、軍鳥を三羽ほど連れて九尊の間に入っておいで。僕の名を出せばみんな動いてくれる。大丈夫？　できそう？」

「大丈夫です、できます。でも鵙己さま」

「あはは、そんな顔しなくていいよ、すぐ戻る」

嵐を不安がらせないために笑う鵙己を、ひとりで行かせたくない。

身に危険が及《およ》ぶ予感がしているならなおのこと、鵙己を守るために、ついて入ることを許してほしい——そう伝えようとしたとき、九尊の間から長軀《ちょうく》の男が出てきた。

「ここに立たせるな。連れて中に入れ」

聞き憶《おぼ》えのある声だった。向き直った鴉己が鼻先で笑う。

「炎琉。またおまえか。よくもまあ飽《あ》きもせず」

髪《かみ》も羽も朱色《しゅいろ》をした若い朱真《しゅじん》鳳凰は、折に触れて鴉己の前にあらわれる印象があった。孔雀に令状を持ってこさせたのも彼だった。嵐は、ずっと気にかかっていた、九尊の間での鴉己と炎琉の短い諍《いさか》いを鮮明《せんめい》に思い起こす。

『待て』

『丹天老君さまの御命令通り速やかに辞する。僕に用があるなら青楼街へ来い、炎琉。——来られるものならな』

『鴉己っ、きさま……！』

彼らのあいだになんらかの確執《かくしつ》があることはもうわかる。

だからこそ嵐は、ここで失礼な態度を取ってはならない。おそらく些細《ささい》な不行き届きでさえ鴉己を咎《とが》める理由にされるだろう。

背筋を伸《の》ばし、深く一礼する。

「炎琉さま。ご挨拶《あいさつ》が遅《おそ》くなり失礼いたしました。私《わたくし》は雷厳が第三十八仔《し》、嵐と申します」

「嵐か。憶えておこう」

顔を上げると、炎琉が満足げに笑みを投げかけてきていた。嵐はにこっと微笑《ほほえ》み返して胸を撫《な》でおろす。

ここでのやりとりが滞《とどこお》りなく済むと思ったのに、鵙己が急に声を低くした。

「嵐。ここで僕を待て」

「連れて入れと言ったが。なぜいちいち私の命に逆らう？」

「末端《まったん》の朱真鳳凰の命など僕が聞くと思うか？　喉《のど》から手が出るほど玉座が欲しいおまえのために辞《じ》してやったというのに、未《いま》だ与《あた》えられないとは残念極《きわ》まりないな」

「鵙己っ！　無礼だぞ！」

怒鳴《どな》る炎琉を無視した鵙己が「ついてきなさい」と視線で伝えてくる。嵐は迷わず従った。

荘厳《そうごん》と絢爛《けんらん》を極めた九尊の間は、しかし以前と異なる空気に満ちている。

丹天老君が瑞獣の姿で梧桐の大樹に止まり、爛々《らんらん》とした眼《め》で見下してきていた。翼《つばさ》や尾羽《おばね》が火焔《かえん》のように激しく揺らめく姿に嵐は恐怖《きょうふ》を覚え、片膝《かたひざ》をつく。

第二の玉座に南斗后輝が座っていない。金鳳凰や淡青《たんせい》鳳凰も、公卿鳥すら一羽もおらず、鵙己と嵐は十数人の朱真鳳凰に囲まれた。

美しいはずの鳳凰たちの朱色が、九尊の間の朱が、毒々しく見える。

鵙己はゆるりと後ろ手を組み、いつも通り飄々《ひょうひょう》と言った。

「おやおや朱真鳳凰ばかりお揃いで。宴《うたげ》でも？」

ばさっ……と羽ばたく音が聞こえ、丹天老君が飛翔《ひしょう》する。

人に変容しながら鶃己の前に降り立ち、静かに告げた。

「跪《ひざまず》け」

極めて短いその言葉に嵐は戦慄《せんりつ》する。

鶃己は微動《びどう》だにしない。

数秒の沈黙《ちんもく》が、永劫《えいごう》のように感じられた。

ばんっ、と丹天老君が扇《おうぎ》を鳴らして催促《さいそく》し、九尊の間を包む緊張《きんちょう》が頂点に達する。

鶃己はゆっくり片膝を折った。

「昨今のおまえの言動、些《いささ》か目に余る」

「そうですか」

「自由を得たつもりか？　浅慮《せんりょ》なことよ。おまえが謳歌《おうか》している自由はすべて余の掌上《しょうじょう》に生じたもの。所詮《しょせん》おまえは離宮《りきゅう》につながれた美鳥に過ぎぬ」

嵐は恐怖を忘れて丹天老君を見上げる。耳にするたび懸念《けねん》していた〝離宮〟が不吉《ふきつ》な存在であることを、いま確信する。

丹天老君は扇を鶃己の顎《あご》の下に差し込み、ぐい、と上を向かせた。皺《しわ》の刻まれた口許《くちもと》を歪《ゆが》めて嗤《わら》う。

「己《おのれ》の存在理由、よもや忘れたわけではあるまい？　——のう、鶃妃《げいひ》よ」

ドクッ、と心臓が大きく跳《は》ねた。

——なん、だ……？　今の……。

聞きまちがいと思うのは難しいほどに、はっきり聞こえた。

〝げいひ〟とは、いったいなんだ。

意味も知らないのに、心を掻《か》き毟《むし》りたくなる厭《いや》な言葉だった。

炎琉が、朱真鳳凰たちが肩《かた》を揺らして笑いだす。

「ははは っ、懐《なつ》かしい名ですね」

「鴉妃と呼ぶほうがよい、己の立場を今一度思い出させるためにも」

「嵐よ、離宮出身の鳳凰に付いていても一利もないぞ、我らに付け」

炎琉たちの発言など、どうでもいい。

〝げいひ〟の意味が知りたい、否《いな》、それよりも今すぐここから立ち去りたい。

嵐は目を瞠《みは》った。

丹天老君を睨《にら》みつける鴉己のこめかみに血管が浮《う》かぶ。かたく握《にぎ》りしめられた拳《こぶし》が小刻みに震《ふる》え、一滴《いってき》の血が落ちる。

それを見たとき、嵐の中で徐々《じょじょ》に膨《ふく》らんでいた不穏《ふおん》と違和感《いわかん》が、ぱちんと弾《はじ》けた。

「鴉己さまっ！」

立ち上がった鴉己が九尊の間を出て行く。嵐は朱真鳳凰らへの辞儀を忘れて追いかけた。

殿廊《でんろう》に出ると小型の白金鳳凰が先を飛行していた。嵐も鷲《わし》になって羽ばたく。

「きゃあっ……」

「すみませんっ!」

立ち並ぶ朱色の太柱をすり抜《ぬ》ける。ぶつかりかけてしまい、命婦鳥たちが悲鳴をあげた。

䳑己の飛翔は凄《すさ》まじく速い。全力で飛んでいるのに距離《きより》がどんどん開いていく。

「そんな、っ」

嵐が玉煌朱宮《ぎょっこうしゅぐう》を飛び出したとき、すでに白金鳳凰の姿はどこにもなかった。

「䳑己さま……!」

見失ってしまった悔《くや》しさと強烈《きょうれつ》な心細さに襲《おそ》われて涙《なみだ》が滲《にじ》みそうになる。

嵐の心をざわめかせた作り物の笑顔《えがお》、綺麗《きれい》な赤い瞳《ひとみ》の奥に潜《ひそ》む孤独《こどく》、側仕《そばづか》えになって初めて知った鳳凰の一族の確執――嵐は未熟で、すぐには気づけなかった。䳑己は途方《とほう》もないものを抱《かか》えている。それはまちがいなく〝離宮〟につながっている。

――絶対に䳑己さまを独りにしたくない!

目の前から消えろと言われても、その命だけは従わない。激怒《げきど》されてもいい、足にしがみついてでもそばにいると決めた。

嵐は高度を上げる。日輪にどんどん近づいていく。

限界まで上昇《じょうしょう》し、晴れ渡《わた》った瑞郷天を見おろした。数多《あまた》立つ石柱の群れをひとつひとつ目を凝《こ》らして見る。

白金鳳凰の姿はどこにもない。遠方に見つけた美しい鳥は、白鷺《しらさぎ》だった。

しかし諦《あきら》める気など微塵《みじん》もなく、嵐は瑞郷天の中枢《ちゅうすう》から大きく離《はな》れ、禽鳥《きんちょう》たちの巣がない場所を飛び巡《めぐ》った。

「あっ！」

遥《はる》か西方の石柱に、泉がある。

その泉に入っている彼は白金色の髪と煌《きら》めく五色の羽を持っていた。急降下して泉のある石柱へまっすぐ飛ぶ。降り立って人に変容し、走って泉へ近づく。

嵐の姿を認めた鵙己は眉間《みけん》に深い皺を刻み、忌々《いまいま》しげにつぶやいた。

「どんな目をしてるんだ」

「猛禽《もうきん》の視力は瑞郷天一ですから」

鵙己は水面《みなも》を一度パシャッと叩《たた》いたが、「目の前から消えろ」とは言わずにいてくれた。うなじから背を覆《おお》う五色の羽は大きく膨らんでいて、まだ感情を激しく昂《たかぶ》らせていることを知る。

嵐は若輩《じゃくはい》で、怒《いか》りを消す手立てを見出《みいだ》せない。でも今は、そばにいられることに安堵《あんど》する。

鵙己が話したくないなら、嵐もなにも訊《たず》ねない。沈黙が何時間つづいても平気だった。

裸《はだか》の鵙己は冷たい泉の中ほどに佇《たたず》んだままでいる。濡《ぬ》れた片手で顔を覆ったり、その手を下げたりする。嵐は、脱《ぬ》ぎ散らされた袍服《ほうふく》や下衣や長靴《ちょうか》を拾う。装飾品《そうしょく》をひとつずつ丁寧《ていねい》に集めるうちに、鵖己を見失ったときの泣きそうなまでの心細さは消えていった。

少し落ち着いた目で見渡せば、ここはとても美しい石柱だった。梧桐《あおぎり》の大樹や、桃《もも》や杏《あんず》の木が泉を囲むように立っている。伸《の》びた枝と大ぶりの葉が鮮《あざ》やかな緑の天幕を作り、水面の一部を緑色に染めていた。

鵖己がいつでも泉から出られるように、梧桐の葉を採って汀《みぎわ》に敷《し》いていく。両膝《りょうひざ》をついて敷いた葉を整えていると、背に低い声が当たってきた。

「ずいぶん嬉《うれ》しそうに笑っていたな。あの朱《あか》いのが好みか？」

「え……」

あまりの語調のきつさに驚《おどろ》いて振《ふ》り返り、泉の中ほどに立っていたはずの鵖己が近くにいることにびくりとする。

ぶつけられたのは、丹天老君や朱真鳳凰《しゅじんほうおう》ではなく嵐への怒りだった。いつ怒《おこ》らせてしまったのか、その理由もわからない。パシャ、と水面が揺《ゆ》れ、鵖己がまた一歩近づいてくる。

「嵐。答えろ」

「朱いの、って、なんですか……？　わかりません」

嘘偽《うそいつわ》りなく答えたけれど、鼻先で笑われて、突《つ》き放された心持ちになる。

唇《くちびる》の片方だけを上げる鴉己が赤い目を眇《すが》め、嵐の思考を見透《みす》かしてくる。

「〝鴉妃〟がなんなのか、気になってしかたないんだろう」

「………」

「僕の名だ。とうの昔に棄《す》てた」

嵐はひどく混乱して目を瞠る。

孵化《ふか》したときに付けてもらった名は、死んで土に還《かえ》るまで変わらないものではないのか。

名を棄てさせるまでに鴉己を追い詰《つ》めた、途方もないもの――〝離宮《りきゅう》〟へとつながっているであろうそれがいったいなんなのか、どれほど懸命《けんめい》に考えを巡らせても想像できなかった。

「鴉己、さま」

いつもの飄々《ひょうひょう》とした彼はいない。贋物《にせもの》の笑顔さえもない。

話したくないなら嵐もなにも訊ねず、沈黙が何時間つづいても平気だと思っていた。しかし怒りに美貌《びぼう》を歪めた鴉己は口早に語りだす。

「玉煌朱宮の最奥《さいおう》には美しい鳳凰を飼育するための離宮がある。そこに運ばれた雛鳥《ひなどり》が辿《たど》る末路はふたつにひとつだ。離宮で衰弱死《すいじゃくし》するか、十代で朱真鳳凰らの慰《なぐさ》み者になり身体《からだ》が壊《こわ》れるまで交尾《こうび》させられるか」

「――！」

眠《ねむ》りに落ちる間際《まぎわ》の呟《つぶや》き言《ごと》ではなく、鴉己が明確な意志を持って口にした「離宮」、その姦《かん》邪《じゃ》を極《きわ》めた正体に、嵐は全身の肌《はだ》を粟立《あわだ》てた。

「ゲイヒとは鶂に妃《きさき》と書く。丹天老君どもは僕にいずれ妃の務めをさせると決めて〝鶂妃〟と名づけ、離宮に幽閉《ゆうへい》した。彼奴等《きやっ》は僕を犯《おか》し服従させることしか頭にない、昔も今も」

「うそ……だ……、どうして、そんなことを……」

「純血の朱真鳳凰だけが瑞郷天の君臨者であることを知らしめるためだ。色の異なる鳳凰が叛《はん》意《い》を秘《ひ》めたところで逆らいきることはできない。なぜなら、禽鳥を母に持つ鳳凰は朱真鳳凰の駒《こま》であり、誰《だれ》もが朱真鳳凰の慰み者になり得るのだと、数万年という途方もない時間をかけて精神と本能に刻み込まれてきたからだ」

　鳳凰の一族内の確執《かくしつ》などという軽々しいものではない、あまりにも無慈悲《むじひ》で、頭が理解することを拒《こば》む。恐怖《きょうふ》に涙が滲《にじ》んだ。動きを止めない綺麗な唇を、嵐は涙を纏《まと》う金の瞳に映しつづける。

「僕が離宮へ運ばれたとき、入れ違《ちが》いに離宮を出た美しい雄《おす》の白鳳凰は二度と戻《もど》ってこなかった。世話係は情を移さないよう洗脳されている。雛鳥らは莫迦《ばか》みたいに豪奢《ごうしゃ》な御子衣裳《みこいしょう》を着せられる。そうしていつかは着飾《きかざ》ったまま朱真鳳凰どもの閨房《けいぼう》へ行くのだと植えつけられる。陽《ひ》も差さず湿気《しっけ》の淀《よど》む劣悪《れつあく》な環境《かんきょう》でまともな成育など叶《かな》うはずがない。でもそれでかまわないんだ、朱真鳳凰は色白の華奢《きゃしゃ》な禽鳥が好みだからな。——彼奴等の下卑《げび》た慣習に翻弄《ほんろう》されてたまるか。僕は必ず離宮を脱《だっ》し、名を変えると決めた」

バシャッと水面が揺れる。鴉己がさらに迫《せま》ってくる。嵐は両膝をついて座っていられなくなり、敷いた梧桐の葉にへたり込んだ。

「……――夢を、見るんだ」

「鴉己さま……？」

目を眇め、捲《まく》し立てていた鴉己が、ふいに視線を彷徨《さまよ》わせた。

「ひどく悪い夢だ。暗く冷たい離宮で、美しい雛鳥たちが鳴きながら死んでいく……。残酷《ざんこく》な光景ばかりで魘《うな》される。だから僕は誰かの前では絶対に眠らない。眠れないんだ」

ゆっくりと嵐の腿《もも》に顔を伏《ふ》せてくる。

遊君たちを抱《だ》いたあと眠らずにどこかへ行ってしまう理由が、誰も鴉己の寝顔《ねがお》を見たことがない理由が、こんなに悲しいものだったなんて。

膨《ふく》らんでいる羽にそっと触《ふ》れると、鴉己は両腕《りょううで》を嵐の腰《こし》にまわして、声を絞《しぼ》り出す。

「朱真鳳凰のもとへ連れて行かれる鳳凰の悲痛な声が、夜通し鳴いて明け方に息絶える雛の最《さい》期《ご》のひと鳴きが、今も耳に残っている。僕は彼らを救えなかった。自身が生き延びることで精《せい》一杯《いっぱい》で……。離宮に僕しかいない時期もあった、でもそれでよかったんだ。寂《さみ》しさに呑《の》み込まれた雛鳥らが衰弱していくさまを見るくらいなら、ひとりのほうがずっとよかった――」

嵐は懸命に鴉己の羽を撫《な》でる。

水滴《すいてき》を纏って美しく煌めく白金鳳凰の羽が、涙《なみだ》でぼやけていく。

孤独《こどく》のほうがましだと鵙己に言わしめた、鳳凰の一族のおぞましい習わしに、心が砕《くだ》けそうだった。

嵐に交尾をしかけてくる鵙己が決して無理強《むりじ》いをしない理由も、嫌《いや》だと拒めばすぐに手を放す理由も正しく理解する。慰み者の恐怖と絶望を知っているからだ。

「御身《おんみ》を責め立てる必要はありません。雛鳥たちの魂《たましい》は鵙己さまの思いに乗って、暖かくて明るい日輪のもとにいるはずです」

そうあってほしいと、いま心から願う。でも嵐の言葉は拙《つたな》くて、鵙己に届いていないかもしれない。嵐にぶつけてきた怒り、丹天老君と朱真鳳凰たちへの憤怒《ふんぬ》の心火、そして自身への憤《いきどお》り――鵙己の羽は逆立ったままで、どれほど撫でてもおさまりを見せなかった。

やがて鵙己が長軀《ちょうく》を起こし、顔を上げる。

まぶたを半分開いた目で見据えてくる。

「おれ……鵙己さまの怒りを消したいです。どうしたら、消せますか」

ほんの一瞬、縋《すが》るような瞳《ひとみ》をした鵙己が、焦燥《しょうそう》を含《ふく》んだ声で言った。

「僕を拒《こば》むな」

声が詰まって出せない代わりに、嵐は深くうなずいた。

「ん、っ――」

そこからの鵙己はひどく性急だった。噛《か》みつくように口づけて舌を捻《ね》じ込んでくる。腰をつかまれて汀ぎりぎりまで引き寄せられ、嵐は後ろ手をついた。

足先が水面を打ち、パシャ……と音がする。下衣と下帯を剝《は》ぎ取られる。大きく開脚させられて、強烈な羞恥《しゅうち》に身体《からだ》が震《ふる》えた。

「あ……」

長大な陰茎《いんけい》は鍛《きた》えられた腹に貼《は》りつくほど反り返っている。そこから立ち上る雄《おす》の鳳凰の濃《のう》厚《こう》な匂《にお》いに、くらりと眩暈《めまい》がした。

濡《ぬ》れ光る先端《せんたん》が後孔《こうこう》に宛《あ》てがわれ、脚《あし》がビクンッと跳《は》ねる。鴉己は亀頭を何度もぶつけて押し入ろうとするけれど、性的な交わりを知らないそこはかたく閉じたままだった。

「鴉己、さまっ」

「……っ」

焦《じ》れた鴉己が自身の陰茎をつかむ。息を乱しながら手を上下させる。後孔に伝わってくる忙《せわ》しない振動も、眉《まゆ》をひそめて手淫《しゅいん》するさまも、ぞくぞくするほどいやらしくて、見ては駄目だと思うのに目が離《はな》せなかった。

「は……、ア、——嵐っ」

孔《あな》にかけられた体液の熱さに嵐はまたびくついた。鴉己はなおも性器をしごき、びゅるびゅると精液を放っていく。大量のそれは窄《すぼ》まりから尾骨へとろとろと伝い落ち、粘液の溜《た》まりを作った。あまりに淫《みだ》らな光景と感触が怖くなる。

「あぁっ」

嵐が倒れないよう大きな手でうなじを支え、鴉己が後孔に指を埋《う》めてくる。濃厚な精液のぬめりによって根元まで挿入《そうにゅう》が叶《かな》うと、指はすぐ二本に増やされた。

「ぁう……、うぅ……」

「怖いか？」

うなずいたらやめてしまうから、躍起《やっき》になって首を横に振《ふ》った。鴉己は繰《く》り返し粘液を掬《すく》い、内壁に塗《ぬ》り込む。かたく閉じた孔が、ぐちっ、ぐちっ、とほぐされていく。指が三本になるとさすがにつらくて、嵐は逞《たくま》しい腕《うで》に縋《すが》りついた。

「あっ……？」

指が抜《ぬ》けると同時につらさも去り、物足りなさを覚えた。

怖いのに、鴉己が欲しいと窄まりがわななく。

戸惑《とまど》いとまはなかった。鴉己が嵐のうなじを抱いたまま、亀頭を後孔に嵌《は》め込んで今度こそ腰を進めてくる。

「や、あ……ぁっ」

瑞獣《ずいじゅう》の生殖器に窄まりを限界まで広げられる。ぐうっと腹が膨《ふく》らむ感覚と、凄《すさ》まじい圧迫感に嵐は涙を滲《にじ》ませた。鴉己の陰茎は太くて長く、嵐はきっとまだ半分ほどしか呑《の》み込めていない。それでも形の綺麗《きれい》な唇《くちびる》からは悦楽《えつらく》の声が漏《も》れた。

「あぁ……、嵐――」

ハァッ、ハァッと息が激しく乱れる。鴉己が眦《まなじり》の涙を舐《な》めとり、頬《ほお》や首に途切れることなく口づけてくる。

「……どう、やって……力、抜いたら……」

「このままがいい。もっと僕を締《し》めつけてほしい」

「あ、……鴉己、さまっ」

もう離れないのではないかと思うほど粘膜同士がきつく密着しているのに、鴉己が腰を使いだす。つながっている嵐の身体も大きく揺《ゆ》れる。

「あっ、あっ」

瑞獣の交尾は力強くていやらしい。水滴が、筋肉の隆起《りゅうき》した胸板や腕を伝い流れていく。鴉己の顎先《あごさき》からしたたり落ちる。

パシャッ、パシャッと水面《みなも》の波打つ音がだんだん速くなり――。

「――ハ、ッ」

鴉己が顎を大きく反らし、五色の羽が広がった。

体内で、腫れきった性器がビクビク跳ねるのを感じる。

射精時特有の、下腹部の震えが見える。その震えはとても長い。鴉己が嵐の瞳をとらえてくる。見つめ合いながら精液を注ぎ込まれ、腹の奥に質量を感じはじめるほどだった。

「嵐……」

長い射精を終えた鴉己が、嵐の股座《またぐら》に視線を落とす。

身体の奥深くで鴉己とつながるという喜びはあふれているけれど、快楽を得る余裕がまだなく、嵐の性器は萎《な》えたままだった。

「鴉己さま、待って、くださ――」

嵐の中から陰茎を抜いた鴉己が脚《あし》のあいだに顔を伏《ふ》せた。

柔《やわ》らかなそこに、ちゅっ、ちゅっ、と接吻《せっぷん》され、恥ずかしいほど一瞬で立ち上がる。

「や……っ、あ」

屹立《きつりつ》を口に含まれ、舌であやされて、先端の小孔をくじられる。あまりの快感に身体を起こしていられない。嵐は肘《ひじ》をついてそのまま仰臥《ぎょうが》した。両手を下げて、鴉己の頬や白金色の髪に触れる。

「あっ、ぁあっ」

夢中で腰をくねらせて口内に白い蜜《みつ》を漏らしていく。喉《のど》を鳴らして飲み込んだ鴉己が顔を上げ、不安そうにのぞき込んでくる。

「怖かった……？」

「……。少し怖かった、です。――気持ち、よすぎ、て……」

恥ずかしさを堪《こら》えて伝えると、鴉己は「よかった」と安堵《あんど》して微笑《ほほえ》んだ。

ザアッ……と音を立てて泉から出る鵾己の、背を流れる長い羽はいつもと同じ豊かさに戻っていて、彼を苛《さいな》む怒《いか》りが消えたことを知る。

涙が出るほど嬉《うれ》しくなり、思わず抱《だ》きついてしまう。梧桐《あおぎり》の褥《しとね》に寝かされ、袍服《ほうふく》を脱《ぬ》がされて裸《はだか》になった嵐の上に、水滴を纏《まと》う長軀が重なる。嵐の見る世界が、美しい五色の羽と緑葉の天幕でいっぱいになった。

「嵐……」

鵾己が名を呼び、顔を首許《くびもと》に埋めてくる。怒りをおさめているのに、その動きは先ほどより性急になっていた。

「あぁっ」

初めての行為で熱を持つ後孔に、陰茎が一気に突き入れられた。

「あ、あ……。嵐……許してくれ……。酷《ひど》く、したくない、怖がらせたくないのに」

酷くしたくない、と熱に浮《う》かされたように繰り返しながら、鵾己は腰を大きく前後させ、叩《たた》きつけてくる。白金鳳凰《ほうおう》の生殖器が嵌《は》まった腹部の圧迫感は拭《ぬぐ》いきれなくて、抽挿《ちゅうそう》も力強いけれど、決して乱暴ではない。

だから嵐は、すぐそばにある耳に唇《くちびる》を押し当てて、「怖くないです。鵾己さま」と伝えた。

筋肉質の長軀《ちょうく》がぶるりと震える。体内にある雄《おす》の器官が、ぐうっと膨らんだ。

「あぁ……」

大きな手が、汗《あせ》に濡れる頰を包み込んでくる。美しい蓮花印《れんかいん》が目許《めもと》に触れた。鴉己はみたびの射精へ向けて陰茎を激しく抜き差しする。

「嵐……、嵐、っ——」

嵐が怖がっていないか、そればかり気にする鴉己のほうが怯《おび》えているように感じられて、嵐は彼を守るために、広い背を滅茶苦茶《めちゃくちゃ》に搔《か》き抱いた。

・◇・・

春の盛りの微風《びふう》に頰を撫でられて嵐は目を覚ました。

瑞郷天は薄闇《うすやみ》色の静寂《せいじゃく》に包まれている。

梧桐の葉に横たわる鴉己と嵐の裸体《らたい》には袍服《ほうふく》や上着が掛《か》けられていて暖かく、夜明け前特有のわずかな冷たさが清《さや》かに感じられた。

鴉己は嵐の羽に顔を埋めて眠《ねむ》り、嵐の頭の下と腰《こし》には逞《たく》しい腕がある。下肢《かし》のだるさは耐《た》えられる程度のものだけれど、体内に残る特別な熱と、まだ陰茎が収まっているような感覚が恥ずかしくて落ち着かない。

昨日、汗と体液に濡れた嵐が意識を保てたのは宵《よい》までだった。交尾《こうび》が終わらないうちに眠りに落ちてしまった嵐の身体を、鶃己が清めてくれたのだろう、絡《から》ませている脚や触《ふ》れ合う肌《はだ》はさらさらと心地《ここち》よかった。

羽に伝わってくる寝息《ねいき》は穏《おだ》やかだが、昨日の彼を想《おも》うと心配になる。

そっと肩《かた》を動かして振り返ると、長い五色のまつげが揺れた。まぶたが開き、柘榴石《ざくろいし》のように美しい瞳が煌《きら》めく。それだけで嵐の胸は抑《おさ》えようのないほど高鳴った。

「嵐《ラン》、おはよう」

「おはようございます、鶃己さま。……わ、ぁ」

鶃己は勢いよく起き上がって胡坐《あぐら》をかき、その上に嵐を座らせた。どきどきと鳴っている胸に鼻先を押し当て、すうっと息を大きく吸い込む。

「んー、いい匂《にお》い。交尾してわかった。嵐ってさ、髪《かみ》や羽だけじゃなくて身体の隅々《すみずみ》まで陽光の匂いがするんだよね。もちろん生殖器からはいやらしい匂いもいっぱいしていた。僕、どっちの匂いも大好きだよ」

鶃己は恥ずかしげもなくさらりと言い、嵐は恥ずかしくてたまらなくなる。

「し、知りません！　……おれはそんなの、わからないですっ」

「なら、僕だけが知っている匂いだ。絶対に誰《だれ》にも教えてやらない。ねえ、嵐、今日は交尾して眠るだけの一日にしようか。ここなら好きなときに水浴びできるし、桃《もも》や杏《あんず》もある。……ごめん……昨日は乱暴にしてしまったから。だから今日は嵐が気持ちよくなって漏らしつづけるようなこと、いっぱいしたい」

「ううっ」

顔も頭も爆発《ばくはつ》しそうなくらい熱くなり、両手で耳をふさいだ。

昨日の怒りや心乱れた様子が幻《まぼろし》のように、鴉己はいつも通り飄々《ひょうひょう》としていて、猥言《わいげん》も連発する。それだけではなく、嵐がうろたえるほど甘くなっていた。

昨日のような思いは二度としてほしくないし、上機嫌《じょうきげん》なほうがいいに決まっているけれど、これでは心臓が幾《いく》つあっても足りない。

妙《みょう》に甘い鴉己の雰囲気《ふんいき》に惑《まど》わされないよう、嵐はわざと大きな声を出した。

「鴉己さまは軍場《いくさば》のことをちゃんと考えてるでしょう？　鎧《よろい》、もう磨《みが》いてもらえてると思います！」

「嵐に交尾だけの一日をおねだりしてほしかった……」

唇を尖《とが》らせて残念がったあと、にこっと笑うそれは真物《ほんもの》だった。

ふたりで顔を洗い、服を着る。

先に支《し》度《たく》を終えた嵐が桃と杏の木へ向かったとき、「待って！」と、いつにない焦《あせ》った声で呼び止められた。振り返ると、鴉己が身につけたばかりの瓔珞《ようらく》や佩玉《はいぎょく》をじゃらじゃら鳴らしながら駆《か》け寄ってくる。

「僕が採るっ。採りたい」

「……？　ありがとうございます」

なぜ必死になるのか不思議に思ったが、桃も杏も高い場所に実を多くつけていて、小柄《こがら》な嵐は届くところが限られている。遠慮《えんりょ》なく頼《たよ》ることにした。

鴉己は果実を捥《も》いでは「はい、あげる」と嬉《うれ》しそうに手渡《てわた》してくる。ふたりとも腕《うで》いっぱいに桃と杏を抱《かか》えて草原《くさはら》に座った。

「甘くて瑞々《みずみず》しいですね。美味《おい》しいなあ」

獣肉《じゅうにく》が食べられなくても大量の果実で補うことができる。桃と杏をもりもり頬張《ほおば》っていると、間近から視線を感じた。

「鴉己さま？　もう食べないんですか？」

「全部、嵐にあげる……」

心なしか、赤い瞳《ひとみ》がとろんとしているように見える。

早朝から変わらず美しい白金鳳凰は、ほぅ……と吐息《といき》を漏らした。

「僕、給餌《きゅうじ》行動したくなったの初めて。僕が採った果実を食べる嵐は可愛《かわい》いね。見てるだけで満たされるし、達《い》ったときみたいにすごく気持ちいい。次からも自分で採って食べたらだめだよ、軍場でも瑞郷天でも、空腹になったら僕に言うんだよ」

嵐は頬《ほお》いっぱいに詰《つ》め込んだ桃を噴《ふ》き出しそうになった。

給餌行動とは——求愛行動のひとつである。瑞郷天の大衆鳥が有する本能と認識《にんしき》していたが、瑞獣《ずいじゅう》も例外ではないようだった。先ほど鬼鳥己が焦って嵐を止めた、その思いもよらない理由に顔が熱くなり、またうろたえてしまって上手《うま》く返事ができない。

「嵐のためにとびきり美味しい仙果を集めるから。空腹になったらすぐ僕に言いなさい。わかったね？」

甘い声で命じられ、念を押される。どうにか桃を飲み込み、小さくうなずいた。

東の空が白んでくる。誰もいない鎧甲衙門《がいこうがもん》の大棚《おおだな》には輝《かがや》く鎧があった。鬼鳥己と嵐は鎧を身につけて軍場へ飛んだ。

棄《す》てた名で呼ばれたことに鬼鳥己は深く傷ついているかもしれない——心配でならなかったそれが杞憂《きゆう》だとわかり、嵐は心から安堵した。

強靭《きょうじん》な肉体と精神を持つ彼はこれまでと変わらず、陣営《じんえい》や軍議で綺麗《きれい》な笑顔《えがお》を見せ、縄張《なわば》り争いの最前線に立つと、敵方から恐《おそ》れられ軍鳥《いくさどり》の士気を最高潮へ導く武将鳳凰になる。嵐は盾《たて》を駆使《くし》して守り、鬼鳥己の指示を受けて、兵獣と真っ当に戦える機会を増やしていく。

一方で変化も起こった。連日の激闘《げきとう》をものともしない鬼鳥己は陣営へ戻《もど》って水浴びをすると、嵐に「先に天幕へ入ってなさい」と言い、酒と大量の果実を抱えて嬉しそうに天幕へ帰ってくる。

　そして、情熱的に求めてくるようになった——。

　嵐にはもう拒《こば》む理由がない。でも、股座《またぐら》をいじられても起きていられないほど疲《つか》れ果てている夜もあった。

「鴉己さま……今日は、すみません……」

「この僕が！　また拒まれた！」

　力が有り余っている白金鳳凰《ほうおう》は、嵐が寝入りかけているのもおかまいなしで、おどけて文句を言うふりをする。

「拒ん、で……ない、です……。眠くて……」

「ふふ、わかってるよ。今日もいい動きをしていたものね。おやすみ、嵐」

　忘れずに褒《ほ》めてくれることが嬉しい。嵐は身体《からだ》にまわってきている逞しい腕に手を添《そ》えてまぶたを閉じる。

「あした、も……お守り、します……ね」

　戦闘から戻って食事もとらずに眠り込んでしまっても、激しい性交の最中《さなか》に眠りに落ちても、嵐は必ず夜明け前に目を覚まし、鴉己が魘《うな》されていないか確かめる。

　——よかった。今日も大丈夫《だいじょうぶ》みたいだ……。

　鴉己は長年そうしてきたかのように、嵐の羽に顔を埋《う》めて熟睡《じゅくすい》していた。

『ひどく悪い夢だ。残酷《ざんこく》な光景ばかりで魘される。だから僕は誰かの前では絶対に眠らない。眠れないんだ』——苦しそうに吐露《とろ》していた鴉己の、その穏やかな寝息を耳で聞き羽で感じられるひとときが嵐はなにより嬉しい。

黄金の弓矢を自在に操《あやつ》り、軍場を流星のごとく翔《かけ》る屈強《くっきょう》な白金鳳凰に守護は必要ないことは充分《じゅうぶん》わかっている。それでもなお鴉己を守りたいという想いが日を追うごとに強くなっていた。

その日は朝に激戦が展開され、陽《ひ》が傾《かたむ》きはじめたころ小休止となった。陣営の天幕へ戻った鴉己と嵐は宵のうちから交尾に耽《ふけ》った。

「おいで。早く乗って」

仰臥《ぎょうが》する鴉己に腰をつかまれ、嵐は頬を熱くしながら、筋肉の隆起《りゅうき》した裸体《らたい》に尻《しり》を向けて跨《また》がる。すでに硬《かた》く立っている茎《くき》を握《にぎ》って先端《せんたん》に唇《くちびる》を押し当てると、後孔《こうこう》を広げられ舌を入れられた。

「……あぁ、——」

最初にこれをされたときは強烈《きょうれつ》な羞恥《しゅうち》にひどく混乱し、しかしすぐに鴉己に気持ちよくされて、はしたない己《おのれ》に泣きそうになった。

孔《あな》の中で舌がうねうねと蠢《うごめ》く。嵐は淫《みだ》らな感触《かんしょく》に惑わされながら陰茎《いんけい》を頬張った。たどたどしくも懸命《けんめい》に舌を動かして茎を舐《な》め、舌先で先端の小孔をくすぐる。

一度舌を抜《ぬ》いた鴉己が陰嚢《いんのう》に口づけて、乱れた息をついた。

「上手だよ、嵐、もっと奥まで呑《の》み込める……？」

甘い声に誘《さそ》われて喉《のど》を開き、亀頭《きとう》を喉奥へ嵌《は》め込む。陰茎がビクビクと跳《は》ねて、大量の先走りが放たれた。

「ん、っ……！　んっ、ん」

ふたたび窄《すぼ》まりを開かれ、長い舌を抜き差しされる。嵐は太い性器に両手を添えて唇の輪を上下に動かす。くちっ、ぐちゅ、と濡《ぬ》れた音を立てて夢中で愛撫《あいぶ》した。

繁殖《はんしょく》行動を知らなかった身体と恋不知《こいしらず》の心が鴉己によって急速に作り変えられていく。

怖《こわ》くないと言えば嘘《うそ》になる。恥《は》ずかしさもある。でも触《ふ》れられることに恐れはなく、今は嵐のほうから鴉己に触れたいという想《おも》いがあった。

「は……ぁ、っ。鴉己さ、ま……」

「ん」

ひくつく後孔をひと舐めした鴉己が体位を入れ替《か》える。力の入らなくなった嵐の身体を優《やさ》しく返し、覆《おお》い被《かぶ》さってくる。ぐしょ濡れの孔が熱い亀頭に押し潰《つぶ》されて、熟《う》れきった茎の先端からピュッと透明《とうめい》の蜜《みつ》が漏《も》れた。

至近距離《きょり》で見つめ合う。鴉己の生殖《せいしょく》器が嵐の中へ深く入り込み、粘膜《ねんまく》同士がねっとりと絡《から》み合っていく。

「あ、――」

「奥まで開くようになった。嵐は心も身体も素直《すなお》だね。じきに全部入るようになるよ」

指で乳首《ちくび》をあやされ、いやらしく腰《こし》をまわして内壁《ないへき》を掻《か》かれると、もうたまらなかった。

身体の奥から快感がせり上がってくる。嵐が雄《おす》を締《し》めつけた瞬間《しゅんかん》、鴉己が長軀《ちょうく》をぶるっと震《ふる》わせた。

「あぁ……気持ちいい。今のすごくいい。嵐……」

「あっ、あ、鴉己、さまっ。おれ……もう、っ」

「うん。僕も達《い》く、一緒《いっしょ》に出そうか――」

「おい鴉己」

鴉己が射精をするための腰使いを始めたとき、突如《とつじょ》、天幕が開いた。

いやらしさも甘さも一瞬で吹き飛び、嵐は「うわーっ！」と叫《さけ》ぶ。

長軀に覆い被さられていて見えなくても、声と言葉《ことば》遣《づか》いから烈だとわかる。必死で袍服《ほうふく》をつかんで鴉己の尻を隠《かく》したが、なにをしているかは一目瞭然《いちもくりょうぜん》だった。

「鴉己さま！　止まっ……やめてくださいっ」

じたばたする嵐を放《ほう》って、天将が報告を始め、彼の上官である神将は腰をゆさゆさ揺《ゆ》らしながらそれを聞く。

「帰還《きかん》報告だ、おれは愛の巣へ帰る」

「好的《ハオダ》。ご苦労だった」

「おまえあとどのくらいいるんだっけ？」

「そうだなぁー、烈と交代で帰ることにしよう。立てつづけの出陣《しゅつじん》で玻璃も心労が嵩《かさ》んでいることだろう、少し長めに休息をとれ。また陣営に来たら報告を」

「わかった。じゃあな」

　あっさり立ち去る烈の「じゃあな」は、明らかに嵐へ向けられたものだった。

　一度も腰の動きを止めることなく烈を見送った鵷己はすぐさま嵐のほうへ向き直る。

　にっこり笑ってふたたび「一緒に出そう」と嬉《うれ》しげに言い、そしてぎょっとした。

「ああっ！　泣いてる！　どうして⁉」

　あまりの衝撃《しょうげき》と羞恥に嵐は呆然《ぼうぜん》とし、まばたきを忘れた瞳《ひとみ》から涙《なみだ》が落ちた。『可愛《かわい》い仔《こ》に泣かれるのがなにより参る』らしい鵷己は本気で焦《あせ》りだす。

「今の嫌《いや》だったのっ？　なにがだめだった？」

「い……いやに決まってるでしょうっ！　こういうことはっ、誰《だれ》にも見られちゃだめなんです‼」

「そうだね、うん、そうだった」

　わかったような口ぶりだが絶対わかっていない。

夜ごと複数の遊君を抱《だ》いてきた絶倫《ぜつりん》の白金鳳凰は感覚がおそろしくずれていて、見られることなどなんとも思っていないのだろう。

「とてもつらい、です」

「ごめん……。二度としないから許して」

烈は四日後の朝に陣営へ姿を見せた。

まだ顔を合わせづらい嵐は、鵙己と烈が話すあいだに天幕の中を片づけて帰り支度《じたく》をする。

「そろそろ潘茶羅が出そうだな。此度《こたび》も追い返すくらいで頼《たの》むよ。僕どうしても仕留めたいんだ」

「へいへい。だが武将鳳凰や猛禽《もうきん》はみんな奴《やつ》を狙《ねら》ってるからな。鵙己がいないあいだにうっかり殺《や》っちまってもそのときは許せよ」

物騒《ぶっそう》な会話に出てきた「潘茶羅」は神将の位を持つ白虎《びゃっこ》の名だ。

初陣《ういじん》のときに見た潘茶羅は巨体《きょたい》を誇《ほこ》る瑞獣《ずいじゅう》の中でもひときわ大きく、獣毛と黄金の鎧《よろい》に覆われた巨軀は矢が三、四本刺《さ》さった程度ではびくともしていなかった。自由自在《じざい》に出没《しゅつぼつ》し、凄《すさ》まじい剛力《ごうりき》で縄張《なわば》りを奪《うば》い去る白虎のことを、瑞郷天の軍鳥《いくさどり》たちは〝不死の潘茶羅〟と呼び、誰が仕留めるかを競《きそ》っていた。

鵾己と嵐は、縄張り争いの最前線へ向かう烈を見送り、帰還団とともに陣営を発《た》つ。

岩を覆う苔《こけ》、名も知らない薄紫《うすむらさき》の花、橙色《だいだいいろ》の小さな実をつけた木々――灰色ばかりの景色の中に少しずつ色が増えていく。

「あと四半時ほどで瑞郷天です！」

先頭を飛ぶ隼《はやぶさ》の報告が聞こえた。

雀《すずめ》や雲雀《ひばり》たちは武将鳳凰《ほうおう》や大鷲《おおわし》の背に乗り、ふわふわの身を寄せ合っている。初陣の帰りにも同じ様子を見たけれど、嵐は自分のことで精一杯《せいいっぱい》でなにも考えられなかった。でも今は、瑞獣の背で安心して目を細めている姿が可愛くて、小さな身で勇敢《ゆうかん》に戦う彼らに敬いと労《ねぎら》いの思いがあった。

「……」

不安と混乱しかなかった軍場《いくさば》に、嵐はいつの間にか馴染《なじ》んでいることに気づいた。

もちろん極度の緊張感《きんちょうかん》は常にある。怪我《けが》を負えば鵾己を守れなくなるという恐《おそ》れもある。

でも、立場はまだ見習いで鎧も銅製のままだけれど、鎧に包まれた身のうちには軍場で戦う猛禽の自覚が芽生えているように感じられた。

そして、まるで入れ替わったかのように、安息の地であるはずの瑞郷天へ着くと、頭の片隅《かたすみ》で小さくなっていた憂慮《ゆうりょ》が膨《ふく》らみはじめ――嵐の心を苛《さいな》む別の新たな不安も生じた。

瑞郷天の中枢《ちゅうすう》に悠々《ゆうゆう》と建つ玉煌朱宮《ぎょっこうしゅぐう》が見えてくる。

人の姿になって降り立った鶃己が一瞬、赤い瞳で鳳凰の城をとらえた。その表情がほんのわずか硬《かた》くなったように見えて、九尊の間での出来事を思い出し、憂慮が募《つの》る。

近い将来、丹天老君たちと衝突《しようとつ》することがあるのだろうか。でも、たとえなにが起きても嵐はひたすらに鶃己を守るだけだ。

「鎧を預けておいで。僕は市場の仙果店にいるからね」

「はい」

九尊の間へ戦況《せんきよう》報告をしに行かない鶃己は、どこでなにをして過ごすのだろう。訊《たず》ねたら彼はすぐ答えてくれる。でも怖くて訊《き》けなかった。

——……やっぱり、青楼《せいろう》……なのかな。

新たに生じた不安を抑《おさ》え込んで鎧甲衙門《がいこうがもん》に鎧を持っていき、仙果店へ向かう。

鶃己はふたりぶんの新しい衣服と食べきれないほどの果実を買い、店の隅で店主や客と酒を飲んでいた。嵐に気づいて、果実が入った布袋《ぬのぶくろ》を持って立ち上がる。

「おれ、持ちます」

「いいよ重いから。こっちだけ持って」

にっこりと微笑《ほほえ》んで、紙に包まれた衣服を渡《わた》してくる鶃己は、大量の果実を誰に届けるのだろうか。

大衆浴場で身体《からだ》を洗って長めに湯に浸《つ》かり、真新しい袍服を着る。

浴場を出るころには抑えたはずの不安がまた膨らんでいた。

そして嵐の不安は的中する。長煙管《ながギセル》をくわえた鶃己は踵《かかと》の高い長靴《ちょうか》を——青楼街へ向けた。

「——」

途端《とたん》に心が鉛《なまり》を呑《の》み込んだように重くなる。

いつもと同じ、煌《きら》びやかな上着の片袖《かたそで》だけを抜《ぬ》いた洒落《しゃれ》た着こなし。広い背を流れ落ちる、長く豊かな五色の羽。白檀《びゃくだん》に似た不思議な薫《かお》りと、瓔珞《ようらく》や佩玉《はいぎょく》が奏《かな》でる澄《す》んだ音。

近いのに、遠い。

わずか一歩先を行く鶃己が遠い存在に思われた。

「あの仔らは寝《ね》ているかもしれないなぁ」

遊君たちのことをつぶやく鶃己と、黙《だま》ったままの嵐は瑠璃色《るりいろ》の大門を通り抜ける。

昼過ぎの青楼街に夜のような妖《あや》しい賑《にぎ》わいはないが、大路には変わらず花香《かこう》が漂《ただよ》い、禽鳥たちが往来していた。

「………」

ついて歩くことができたのはそこまでだった。どうしても進めなくて、足を止めてしまう。

鶃己がすぐに気づいて振《ふ》り返った。

「嵐?」

「鶃己さまは……遊君たちと過ごしますよね。——おれ、は……」

そんなのは耐《た》えられない。生まれて初めて覚えた嫉妬《しっと》という感情をどう抑えたらいいのかわからなかった。

胸が詰《つ》まってひどく苦しい。息を切らしながら軍場を翔《か》けているほうが楽だ。鴉己のことも彼への恋心《こいごころ》も知らず、幼い弟妹《ていまい》たちと過ごしていたときのほうがずっと楽だった。

「……、――」

嵐は俯《うつむ》いて唇《くちびる》を噛《か》む。

強靭《きょうじん》な肉体と精神を持ち、獰猛《どうもう》な軍鳥から絶大の信頼《しんらい》を得る白金鳳凰。瑞郷天一と謳《うた》われるその美貌《びぼう》に公卿《くぎょう》鳥も頰《ほお》を赤く染める。小鳥たちに優《やさ》しく、大衆鳥とも気兼《きが》ねなく酒を飲み、青楼街に棲《す》むすべての遊君から恋《こ》い慕《した》われている鴉己。

片や嵐は軍鳥にすらなれていない見習いに過ぎない。

この側仕《そばづか》えが一時的なものであることを思い知らされる。

ともに戦い、疲《つか》れ果てて眠《ねむ》り、情事を重ねた軍場での濃密《のうみつ》な日々が儚《はかな》いものになる。

でも、なにも知らなかったころに戻《もど》りたいと思えなかった。こんなにも苦しいのに、どうしてだろう――。

靴音《くつおと》が近づいて、踵の高い長靴が視界に入ってくる。縋《すが》るものがない嵐は持っている紙包みをくしゃりと抱《だ》きしめた。

「嵐。顔を上げて」

たまらなく優しい声だった。それでも嵐は鵖己の言う通りにできず、黙って首を横に振る。身のほどを弁《わきま》えないといけない、口にしてはいけないと思っているのに、もう声や表情や態度に出てしまっていた。

走り去ることも叶《かな》わないまま、ぎゅっとまぶたを閉じたとき、果実を入れた布袋が地面に置かれる音がした。

大きな手がうなじに触《ふ》れてきて、上を向かされる。

「う……んっ」

濃厚《のうこう》な白檀の薫りが鼻先を掠《かす》め、唇が重なってくる。

驚《おどろ》いてまぶたを開いた嵐の目許《めもと》に五色の長いまつげが触れた。鵖己は、かたく閉じている嵐の唇をほどくように何度も優しく食《は》み、ちゅっと音を立てて唇を離《はな》した。

「嵐はどんどん可愛《かわい》くなる」

「大路ですっ……」

「ここは青楼街だ、接吻《せっぷん》してたって誰《だれ》も気にしないよ。――店には入らないし遊君と過ごすこともない。僕はまだそれをしないとだめか？　嵐がいるのに」

「鵖己さま」

柔《やわ》らかな声で、はっきり言いきってくれた。

鵖己のひとことで、苦しくてどうすることもできなかった嫉妬が消え去るなんて、己《おのれ》の単純さに嵐は恥《は》ずかしくなる。初めての感情に翻弄《ほんろう》されたり気持ちが忙《せわ》しなく移ろったり、鏡を見なくても顔が赤くなっているのがよくわかった。

長い指が亜麻色《あまいろ》の髪《かみ》を梳《す》き、羽を撫《な》でてくれる。赤面を見られたくなくて、煌びやかな上着を纏《まと》う胸板《むないた》に、ぽすっと顔を伏《ふ》せると、鴉己はなぜか大喜びした。

「今のすごく可愛い！　たまらないね。もう一度してみて」

「……」

ついさっきまで嫉妬していたのに、今は遊君たちの心が気がかりになる。

単純で御調子者《おちょうしもの》と鴉己にあきれられてもしかたない。青楼街の決まりごとを破ってばかりの嵐に優しくしてくれた彼ら彼女らのことを思って訊ねた。

「あの……。遊君たちは『鴉己さまのことを愛してない娼妓《しょうぎ》鳥は青楼街に一羽もいない』と言ってました。……みんな寂《さみ》しがったり悲しがったりしませんか」

胸元から顔を離し、恐る恐る長軀《ちょうく》を見上げる。

鴉己は一瞬《いっしゅん》だけ口をへの字に結んでから、ふふっと笑った。

「そうだよ、遊君らは皆《みな》、僕に恋い焦《こ》がれている。最初に言っただろう？　僕を拒《こば》む禽鳥《きんちょう》は瑞郷天に一羽もいないって。僕を拒んだのは後にも先にも嵐だけだ」

「う……」

「でもね、遊君らは武将鳳凰《ほうおう》や軍鳥《いくさどり》や商家の旦那《だんな》衆にも恋しているよ。誰かと誰かが懇《ねんご》ろになれば身を引くし、譲《ゆず》れないなら奪《うば》う。鳳凰の〝仙華《せんが》一枝《いっし》〟になる遊君もいれば、物語みたいな恋路の果てに番《つがい》になる軍鳥と遊君もいる。遊君同士で求め合うことだってきっとある。さまざまな愛恋《あいれん》の形や愛憎《あいぞう》が存在しているんだよ。それらは僕がいてもいなくても、夜ごと生まれては消えていく。青楼街とはそういう場所だ」

「よくわかりません……すごく難しいです」

「うん、わからなくていいよ、嵐にはわからないままでいてほしい。遊君らは大丈夫《だいじょうぶ》だ、話すときは労《ねぎら》いの思いを忘れずに。抱き合って挨拶《あいさつ》するときはうんと優しくね……って、嵐は僕より上手だろうから心配してないけど」

「はいっ」

「嵐は安心して僕だけ見ていればいいよ」

そうしてまた短い口づけをした鴉己は、長煙管の火を消して懐《ふところ》へ仕舞《しま》い、地面に置いた布袋を持ち上げて嵐の手を取る。

「さ、邸宅《ていたく》へ行こう。あの仔《こ》らが起きてるといいな、遊んでやってほしい。僕は遊び相手が下手だから」

鴉己は瑠璃色の大門をくぐったときも『あの仔らは寝ているかもしれないなぁ』とつぶやいていた。遊君たちのことを言っていると思ったが、違《ちが》うようだ。

「あの仔たち……？　邸宅っていうのは鴉己さまの巣ですか？」

「そんなところかな。〝鴉己神将の巣は青楼《せいろう》街にある〟――噂《うわさ》は本当だったね」

悪戯《いたずら》っぽく笑う鴉己は大路から外れ、一見では気づけないような細い道に入っていく。嵐と手をつないだまま表情をあらためた。

「邸宅に出入りしているのは僕と三羽の御婆《おばば》だけだ。武将鳳凰はもちろん、青楼街の商《あきな》い鳥や遊君らも存在を知らない。この先、嵐ひとりで邸宅へ行ってもらう日が来ると思う。飛ぶのではなく徒歩で。だから道を憶《おぼ》えてほしい。かなり複雑なんだ」

「はい。どうして歩いて行くんですか？……朱真《しゅじん》鳳凰さまに、知られないため……ですか」

「そう。嵐は聡《さと》いね。朱真鳳凰は遊君を自身の宮殿《きゅうでん》や玉煌朱宮《ぎょっこうしゅぐう》に呼び、行為《こうい》が終われば帰す。青楼街には絶対に来ないし上空を飛ぶこともない。でも油断したくないんだ。邸宅の存在を知られるわけにはいかないから」

道はどんどん入り組み、石塀《いしべい》が高くなる。迷路《めいろ》のような道程を憶えやすくしてくれているのだろう、鴉己は先ほどよりもゆっくり歩く。

嵐は振り返り、天を仰《あお》いだ。

高い石塀に切り取られた青空は狭《せま》く、そこに禽鳥の影《かげ》はない。

「道を憶えました。必ず歩いて行くようにします」

「うん、ありがとう」

細い道を右へ左へ曲がり、石階段を上り下りして辿《たど》り着いた邸宅は、青楼のような派手さはないが綺麗《きれい》で明るかった。

不思議なことに、青楼街にはいないはずの幼児の可愛らしい声が聞こえてくる。

鴉己が扉《とびら》を開けると、年配の水鳥が奥から出てきて両膝《りょうひざ》をついた。

「おかえりなさいませ、鴉己さま」

「ただいま。雛《ひな》らは庭にいそうだね？」

「はい。早《はよ》う御顔を見せてやってくださいませ。昨夜も鴉己さまはいつ来るのかと、揃《そろ》って賑《にぎ》やかに鳴いておりましたから」

「わかった。これ、市場で買ってきたよ」

布袋《ぬのぶくろ》の中を見た水鳥は口許《くちもと》をほころばせる。

「まぁ立派な桃《もも》！　雛さまたちが喜びます。でも、ずいぶんたくさん買われたのですね、傷《いた》んでしまわないでしょうか……」

「大丈夫、この仔が食べるから。明日の朝にはなくなるよ」

少し恥ずかしい紹介《しょうかい》のされかたに頬を熱くしつつ「はじめまして、嵐です」と挨拶をする。

紅雨《こうう》という名の彼女はとても柔らかな笑顔《えがお》を向けてくれた。

鴉己は慣れた足取りで邸宅内を進む。小さな庭は手入れが行き届いていて、そこに三人の美しい幼児が遊んでいた。

「あっ！　げいきさまだ！」

幼児たちは笑顔で走り寄り、鴉己に飛びついた。彼らの額に蓮花《れんか》印《いん》があることに、嵐は静かに驚く。

三羽とも、鳳凰だ――。

「げいきさま！　ずーっと来なかった！」

「ずーっと待ってたんだよ！」

「長いあいだ留守にしてごめんね。今日はきみらの友達を連れてきたんだ。一緒《いっしょ》に遊んでもらおうよ」

『店には入らないし遊君と過ごすこともない。僕はまだそれをしないとだめか？　嵐がいるのに』――鴉己がくれたばかりの大切な言葉を信じているから、同じ蓮花印を持つ四羽の鳳凰は実の親子ではないと、おのずと感じられた。

育雛衙《いくすうが》門《もん》で育てられるはずの鳳凰の雛がなぜ青楼街の最奥《さいおう》の邸宅にいるのか、事情はあとで教えてくれるだろう。小さな仔と遊ぶことが好きな嵐はしゃがみ、幼児たちと視線を同じ高さにして元気よく挨拶をした。

「はじめまして！　こんにちは。おれの名前は嵐と言います。みんなはどんな遊びが好きですか？」

「ぼく、駆《か》けっこしたい！　だって、げいきさまは、たまにしか来ないのに、たばこのんで、ごろごろしてばっかりで、いっしょに駆けっこしてくれないから」

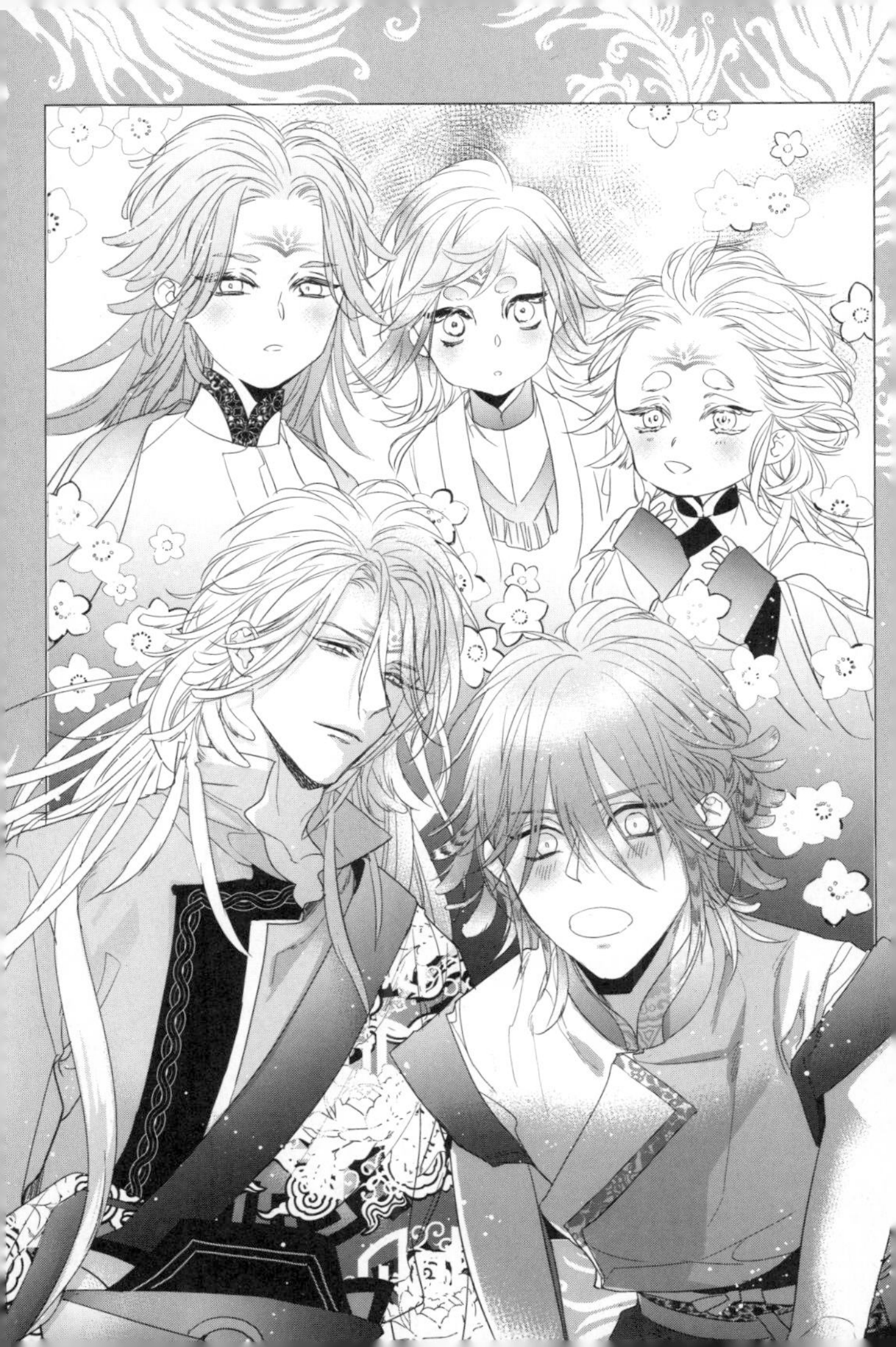

「あははっ、じゃあみんなで駆けっこしましょう！」

「えぇー、今の言いかたちょっとひどくないかぁ？」

林檎《りんご》みたいな赤い頬《ほお》を膨《ふく》らませる雛の、訴《うった》えてきた不満の内容が可愛《かわい》くて、にこにこしてしまう。いきなり告げ口をされた鵙己も眉尻《まゆじり》を下げて笑っていた。

最も幼い少女は、胸が高鳴るまでに美しい。ぎゅ、と嵐の袍服《ほうふく》を握《にぎ》って長いまつげを揺《ゆ》らし、小さな声で伝えてくる。

「たかいたかい、できる？　わたし、まだとべないの……」

「もちろんです！　おれ、高い高いがすごく得意なんですよ」

最も年長の少年は十歳を過ぎているようで、しっかりした口調をしていた。

「私は、弓矢の練習を始めたのですっ。鵙己さまみたいな名手になりたくて」

「それはすごいですね！　練習、見たいです。おれにも教えてください」

仲よくなるのに時間はまったくかからなかった。嵐が捕《つか》まえる役になって皆でキャアキャア言いながら庭を駆けまわり、幼いふたりを交互《こうご》に持ち上げて飛ぶ真似《まね》を手伝う。

庭の隅《すみ》に設《しつら》えられた小さな弓場《ゆば》で練習する少年鳳凰を三人で応援《おうえん》し、嵐も射法を教えてもらった。その様子を、鵙己は石造りの長椅子《ながいす》に腰《こし》かけて、長煙管《ながギセル》の煙《けむり》をくゆらせながら見守っていた。

一時間以上も休まず遊びつづけたからだろう。桃を食べると雛鳥《ひなどり》たちはすとんと眠《ねむ》りに落ちた。嵐は紅雨を手伝って寝床《ねどこ》を整え、三人にそっと蒲団《ふとん》を被《かぶ》せて庭先へ戻《もど》る。

「遊び相手をしてくれてありがとう。疲《つか》れてないか？」

「ぜんぜん大丈夫です。おとなしいですし、おれにすごく優《やさ》しくしてくれました。弟や妹たちはこうはいきません」

「ふふ……、あの仔らが何度も声を立てて笑うところを初めて見たよ。一瞬《いっしゅん》で雛鳥の心をつかむ……素晴《すば》らしい才能だ」

鴉己に促《うなが》されて長椅子に座る。微笑《ほほえ》み合うふたりのあいだには、どちらが話を切り出しても自然な雰囲《ふんい》気《き》があり、嵐のほうから口を開いた。

「鴉己さま、あの仔たちは……？　額に蓮花印があります……」

「うん。まだ幼いのに、少しぞくっとするくらい綺麗だろう？」

うなずくと、鴉己は火皿に残った灰をトンと落として長煙管を懐に仕舞った。

「玉煌朱宮や宮殿に呼ばれて複数の朱真鳳凰と交わった遊君が、青楼街へ帰ったのちに朱色《しゅいろ》の卵を産むことは、珍《めずら》しいことではないんだ。三羽の雛は……彼らは、朱真鳳凰と遊君のあいだに生まれた仔らだ。――本来なら離宮《りきゅう》へ運ばれるはずだった」

「……！」

驚《おどろ》いたのは一瞬だった。救えなかった雛鳥たちのことを今も夢に見る鴉己が、なにもしないはずがない。美しい雛鳥の救済は自然なことだと嵐は思った。

「あの仔《こ》たちが、鴉己さまが青楼街に棲《す》む理由……」

「そう。僕が離宮から逃《に》がせたのは玻璃だけだ。ほかの仔は逃がせなかった。何度も機会があったのに」

鴉己は嵐に長い話を聞かせようとしてくれている。語りはじめる前から、声にも言葉にも強い後悔《こうかい》が含《ふく》まれていた。

「玻璃を逃がしたとき、僕は九歳だった。そこから三年間は鍛錬《たんれん》に明け暮れて、十二歳のときに行動を起こした。一度でいいから軍場《いくさば》に行かせてくれと懇願《こんがん》したんだ。丹天老君はそれを許した。一日で軍功を挙げることができなければ、瑞郷天へ戻って閨房《けいぼう》に入り、丹天老君らの相手をするという条件付きで」

「鴉己さま。鴉己さまがつらくなるようでしたら、無理に話をしてほしくないです」

「ありがとう、大丈夫《だいじょうぶ》だ、ちゃんと話せる。嵐には知っていてほしい」

嵐は伸《の》びてきた鴉己の手を取り、しっかりとつないだ。

「死なれては弄《もてあそ》べなくなるからね、丹天老君は僕に護衛鳥を八羽も付けた。彼らの真の目的は僕に軍功を挙げさせないことだった。僕は護衛鳥を振《ふ》り切って、弓矢で白鹿《はくろく》や碧馬《へきば》を殺していった。何頭屠《ほふ》ったか憶えていない。滾《たぎ》ったよ、滅茶苦茶《めちゃくちゃ》に興奮した。これが僕のやりたかったことなのだと」

ぐっと握りしめられた手を、嵐は強く握り返す。

「朱真鳳凰《しゅじんほうおう》どもの支配欲《よく》を満たすための美しさなど必要ない、血と汗《あせ》と泥《どろ》に塗《まみ》れて、死と隣《とな》り合わせの場所で瑞郷天を守るために戦うことが、額に蓮花印を戴《いただ》いた己《おのれ》の使命なのだと確信した。僕は四頭の武将麒麟《きりん》を射殺して――そのとき初めて〝鴟己〟を名乗った。以来、離宮には一度も近づいていない」

突如《とつじょ》あらわれた十二歳の白金鳳凰が華々《はなばな》しい軍功を挙げたことに、軍鳥《いくさどり》の士気はかつてないほど高まったが、丹天老君たちは怒《いか》りに打ち震《ふる》えていたという。

「閨房に入らず離宮にも戻らなかった僕の代わりに、丹天老君らは数羽の雛鳥を離宮へ運んだと聞いた。僕は彼らを逃がすことができなかった。どうしても離宮に近づけずに……」

棲み処《か》がない鴟己は青楼《せいろう》街に身を寄せ、激怒《げきど》していた丹天老君たちは次第《しだい》に態度を変えていった。

「本当にあきれたよ。怒《おこ》っても僕が戻らないと知ったら次は機嫌取《きげんと》りを始めた。翌年には仙将の位と、玉煌朱宮《ぎょっこうしゅぐう》の近くに宮殿《きゅうでん》が与《あた》えられたけど、見に行ったことすらない。軍場と青楼街を行き来する暮らしが僕にはとても合っていた。遊君が産んだ朱色の卵に初めて触《ふ》れたのは十四歳のときだ。――鳳凰の卵に接触《せっしょく》したとき、どう行動するかは、瑞郷天に棲む禽鳥《きんちょう》は皆《みな》が幼いころから学ぶことだね」

「はい。産卵《さんらん》した者か発見した者が即座《そくざ》に朱真鳳凰さまへ献上《けんじょう》する決まりです」

「その通りだ。朱色の卵の献上は鳳凰への忠誠の証《あかし》。遊君に『僕が献上する』と言って卵を預かり、朱真鳳凰には贋物《にせもの》の卵を渡《わた》し、それは育雛衙門へ運ばれたのちに死卵とされた。朱色の卵は、雛が形成される前に外殻《がいかく》が割れたり腐敗《ふはい》したりする場合も多いからね、誰《だれ》も疑わなかったよ。約十年のあいだに僕はみっつの贋物の卵を献上した」

「みっつの卵は……あの仔たち……」

「そう。青楼街でいつ産卵があってもいいように、この邸宅《ていたく》に贋物の卵を用意している。だが僕が軍場へ出ているときに産まれた卵は献上されてしまう。だから瑞郷天にいるあいだはできるだけ青楼街で過ごしたいんだ」

嵐は、静かに語る鵙己の横顔を見つめる。

美麗《びれい》な容貌《ようぼう》とは結びつかないほど飄々《ひょうひょう》としていて、つかみどころのない鵙己神将。

誰にもなにも悟《さと》らせないと、玻璃も言っていた。

でも鵙己は嵐に本当の姿を見せてくれたと思う。胸臆《きょうおく》をさらけ出すのは相当の勇気が要《い》ったはずだ。

彼は、幼い心に深く刻まれてしまった傷を今も抱《かか》えている。

誰もが見蕩《みと》れるほどの綺麗《きれい》な微笑、その奥に怒りと憤《いきどお》りを秘《ひ》めている。

離宮に閉じ込められていた美しい雛鳥がみずから名を変え、強靭《きょうじん》な肉体と精神を持つ白金鳳凰になったのは、連綿とつづけられてきた鳳凰の一族のおぞましい慣習をみずからの手で断《た》ち切るためではないだろうか――。

「鴉己さま」

孤独《こどく》も悲しみも憤りも、大切な秘密も、すべてを伝えてくれた鴉己の思いに応《こた》えたい。

嵐は全力で鴉己を守る。

そして鴉己が憂慮《ゆうりょ》なく行動できるよう、嵐も力を尽《つ》くしたい。

立ち上がり、大きくて綺麗な手を両手で包んで言った。

「どうか、おれにもこの仔たちと邸宅を守らせてください。お願いします」

「うん、頼《たの》む。一番上の仔は間もなく十二だ、これ以上、隠《かく》れて過ごさせるわけにはいかない。機は熟している。もし、なんらかの理由で僕の身動きが取れなくなったときは嵐が――」

そのとき、急に邸宅の門のほうが騒《さわ》がしくなった。

紅雨が「鴉己さまっ……」と庭先へ駆《か》けてくる。

「どうした」

「たった今、報《しら》せがございました。遊君が朱《あか》い卵を産んだと……」

「――！」

嵐は緊張《きんちょう》し、長椅子から立ち上がった鴉己は冷静に訊《たず》ねる。

「卵はどの青楼にある？　まだ玉煌朱宮へ運ぶな、僕が先に確認《かくにん》する」

慌《あわ》ただしく邸宅を出た鴉己は、四半時もしないうちに帰ってきた。上着の懐《ふところ》から取り出された卵が眩《まばゆ》いばかりの朱い輝《かがや》きを放つ。

「初めて鳳凰の卵を見ました。こんなに綺麗なものだったなんて……」

「母堂に似た見目麗《みめうるわ》しい雛鳥が生まれるだろう。だが丹天老君どもの慰《なぐさ》み者には決してしない。ここで孵化《ふか》させ、武将鳳凰に育ててあげる」

鴉己は卵を紅雨に託《たく》し、奥の部屋へ向かう。

棚《たな》から持ち出した木箱の蓋《ふた》を開けると、鴉己と嵐の顔が朱色の光に照らされた。

「これ……、贋物なんですか？」

「贋物だよ。遊君の髪飾《かみかざ》りや耳飾りを専門に作っていた工匠《こうしょう》鳥に拵《こしら》えてもらったものだ」

疑ってしまうのは無理もない。木箱に入ったよっつの朱い卵は、みずから煌《きら》めきを放っている。確実に欺《あざむ》くことができると思わせるほど精巧《せいこう》な作りをしていた。

「紅雨さんに預けた卵と並べたら、おれ、どっちが真物《ほんもの》か見抜《みぬ》けないです」

「齢《よわい》百を超《こ》えた瑞郷天一の工匠鳥だったからね……もう亡《な》くなってしまったけれど。尊老に十四歳の小僧《こぞう》が言うんだ、『遊君らと産卵ごっこをするから朱色の卵を作れ、真物と見紛《みまが》うくらいのものしか受け取らないぞ』とね。秘密裏《ひみつり》に事を運びたいとはいえ、まことに不躾《ぶしつけ》な言い草だった。それでも文句を言わず、これほどの佳品《かひん》を作ってくれた尊老に感謝してもしきれない」

微苦笑する鴉己は、十四歳のときになにもかもをひとりで考え、ひとりで行動に移したのだろうか。

「腐《ふ》泥《でい》を詰《つ》めて中央に小さな焼き石を入れる。朱真鳳凰らが触れて確認するころはまだ温かく、育《いく》雛《すう》衙《が》門《もん》へ運ばれて数日経《た》てば冷たくなり、腐泥が漏《も》れ出してくる」

小石を火で炙《あぶ》る鵙己のそばで、嵐は考える。

鵙己は贋物の卵を持って玉煌朱宮へ行くつもりだろうか。絶対に行かせたくない。産卵した遊君に献上させるのも嫌《いや》だった。

「よし。これでいい」

焼き石と腐泥を詰めた卵を布地で磨《みが》く鵙己に、嵐は意を決して言った。

「おれに献上させてください」

「だめだ」

「でもっ、鵙己さまが行くのは危険すぎます。もしかしたらその場で卵を割られてしまうかもしれません。鵙己さまもそれを心配してるのではないですか？」

「嵐も危険であることに変わりはない。僕は嵐を朱真鳳凰どもに接触させたくないんだ」

「大丈夫です。卵を渡してすぐに帰ってきます。おれを信じてくださってるなら行かせてください。お願いします！」

鵙己は眉間《みけん》に深い皺《しわ》を刻み、唇《くちびる》を噛《か》む。

まぶたを閉じて思案する長い時間を、嵐は黙《だま》って待った。

やがて、まぶたが開き、熟考を重ねた赤い瞳《ひとみ》がまっすぐとらえてくる。

「――今回、だけだ……頼む。二度はない」

「はいっ！」

「嵐が狩《か》りの帰りに見つけたことにしよう。朱真鳳凰らは必ず僕のことを訊《き》いてくる。そのときは『青楼街にいるはず、邪魔《じゃま》をしたくないので次に軍場《いくさば》へ向かうときに報告する』と答えるんだよ」

「わかりました」

「一刻も早く戻《もど》ってきてほしいが、欺き抜かなくてはならないし嵐の安全を最優先にしたい。おそらく追尾《ついび》がつく。玉煌朱宮を出たら鷲《わし》に変容して嵐の屋敷《やしき》の方向へ飛ぶんだ。途中《とちゅう》で降りて、追尾の有無《うむ》をよく確認してから徒歩で戻っておいで」

「屋敷に帰るふりをする、ということですね」

「そう。もし執拗《しつよう》に追尾されたときは一旦《いったん》屋敷に入ったほうが安全だ。それを見届けた追尾鳥は玉煌朱宮へ戻る。半時ほど待って、夜になれば飛んでここに帰ってくることもできるよ」

「はいっ、玉煌朱宮を出たら、尾行されているかどうかを確認しながら行動します」

「よし……嵐、すまないが飾り帯をほどいてくれないか。卵を見つけたら、なにかで包もうとするよね。狩りの帰りだったら飾り帯しかない」

嵐は話を聞き終えるより先に飾り帯をほどきだし、卵を包んだ。

邸宅を出て、手をつないで迷路《めいろ》のような細い道を歩く。大路へ出るころには空が茜色《あかねいろ》に染まっていた。

青銅の釣《つ》り灯籠《どうろう》に火が入れられていく。宵《よい》の訪《おとず》れとともに青楼《せいろう》街が目を覚ます。次々と入ってくる客で瑠璃色《るりいろ》の大門のあたりはごった返していた。

鴉己が手を放すと同時に抱《だ》きしめてくる。

「大丈夫《だいじょうぶ》です、すぐ戻ってきますから」

酒に酔《よ》っている客たちが「お熱いねぇ」と囃《はや》し立てる。それほどに長い抱擁《ほうよう》だった。嵐をひとりで行かせたくないという思いが伝わってくる。

「誤算だった、この僕が……。絶対に避《さ》けるべきことだったのに――」

「鴉己さま？」

誤算とはなんだろう。今日、朱色《しゅいろ》の卵が産まれたことだろうか。

その誤算は、嵐が卵を献上《けんじょう》すれば解決できる。不安と心細さはあるけれど、鴉己の憂慮をひとつ消せることが嬉《うれ》しい。しかし、腕《うで》はほどけるどころか力が強まるばかりで、薄《うす》く繊細《せんさい》な作りの卵が割れてしまわないか心配になった。

嵐はまぶたを閉じ、狩りの帰りを想像する――いつも通る石柱に朱く輝くものがある。

そして、ぱちっと目を開けて言った。

「鴉己さま。おれ、さっき朱色の卵を見つけたんです。こんなこと起きるんだなぁって、すごくびっくりしました！　決まりごとに従って朱真鳳凰《しゅじんほうおう》さまへ献上してきますね。少しだけ待ってください」

上辺だけの芝居《しばい》では絶対に勘《かん》づかれるから、嵐は本当に卵を見つけたことにした。

ようやく抱擁を解き、不思議そうにぱちぱちとまばたきをする鴉己に、飾り帯を少し捲《めく》って卵を見せる。

「綺麗《きれい》でしょう。温かいです。見つけられて本当によかったです。一晩じゅう外にあったら、雛《ひな》は寒くて寂《さみ》しくて、死んでしまってたでしょうから」

「……。嵐……どうか気をつけて」

鴉己は自身のうなじに触《ふ》れて、放す。

その手には、薄紅色《うすべにいろ》や碧色《みどりいろ》を有する白金の羽根が一本あった。

「嵐に。お守り」

いつものように微笑《ほほえ》んで、金の砂子を纏《まと》う宝玉みたいな羽根を嵐の懐にそっと忍《しの》ばせてくれた。

「ここで待っているよ。ずっと待っているからね、遅《おそ》くなっても焦《あせ》らずに、安全を確認しながらゆっくり戻っておいで。今宵は邸宅《ていたく》で眠《ねむ》って、夜明けとともに軍場へ飛ぼう」

「はいっ。行ってきます！」

美しく煌めく白金鳳凰の羽根が胸元《むなもと》にあるだけで、不安と心細さがすっかり消えた。

ちょうどいい温かさの卵は、これから時間をかけて冷たくなっていく。嵐は卵を落とさないよう両手で抱《だ》き、玉煌朱宮《ぎょっこうしゅぐう》への道を急いだ。

商《あきな》いを終えた市場を抜《ぬ》けて、朱色の瓦《かわら》屋根が見えると走りはじめ、大楼門《ろうもん》の両側に立つ近衛《このえ》鳥に息を切らしながら伝える。

「朱真鳳凰さまにお目通りを願います！　朱色の卵を見つけました！」

九尊の間ではなく別の部屋へ通された。緊張《きんちょう》はしているが手足も震《ふる》えていない。

部屋の中央に立っていると、ふたりの九尊鳳凰と箱を持った朱真鳳凰、そして炎琉が入ってきた。

「丹天老君は休まれている。我らが確認しよう」

「はいっ、お願いします。こちらです！　先ほど狩りから戻るときに見つけました」

鳳凰の卵の発見は喜ばしいことだ。だから嵐は興奮ぎみに言い、柔《やわ》らかな布が敷《し》かれた箱の中に贋物《にせもの》の卵を移す。

「母鳥は？　猛禽《もうきん》か渉禽《しょうきん》か？」

「わ、わかりません……卵だけ落ちていましたので」

鳳凰たちは順番に卵に触れて温かいことを確認した。炎琉は卵を持ち上げ、凝視《ぎょうし》したあと箱に戻して言う。

「鴉己はどうした。おまえ、卵のことを言ったのか？」

「いいえ。鴉己神将は青楼街におられると思います。お邪魔してはいけないので、次に軍場へ向かうときに報告します」

「おまえはなにも言うな。我らが通達しておく」

「……？　わかりました。失礼いたします」

少し首をかしげ、そのあと深く辞儀《じぎ》して部屋を出た。

大楼門を抜けて玉煌朱宮から離《はな》れる。不自然な振《ふ》る舞《ま》いはしなかったと思う。今になって手が震えだす。その手で飾り帯を腰《こし》に巻いた。

緊張を解くのは鵙己のもとへ戻ってからだ。早く安心させたいという気持ちを抑《おさ》えて鷲に変容し、屋敷の方角へ飛ぼうとしたときだった。

「嵐！」

名を呼ばれ、びくりとする。

振り返ったそこに笑顔《えがお》の父親が立っていた。

帰るふりをするだけでよかったのに。嵐は雷厳に連れられて屋敷の庭園に降り立った。

「父上、話ってなんですか？　おれ鵙己さまの大事な用件を預かってて、これからまた出かけないと――」

「鵄己神将には大変失礼だがその用件は待ってもらえ。父の話のほうが極《きわ》めて重要だ」

雷厳はどすどすと足音を立てて廊下《ろうか》を進む。

部屋に入り、向かい合って座ると興奮して言った。

「嵐、よくやった！　嵐は今を以《もっ》て正式な軍鳥《いくさどり》となり、明日より炎琉さまの側仕《そばづか》えとなる！」

「どういうことです⁉」

耳を疑った。なぜ父親の口から炎琉の名が出るのか、側仕えの意味もまったくわからない。

雷厳は満面に笑みを浮《う》かべ、懐《ふところ》から書状を取り出した。

「丹天老君さまの御下知《ごげち》状だ。嵐の軍場における側仕えの働きが評価され、朱真鳳凰さま付きになれたのだ。素晴《すば》らしい！　我が一門の誉《ほま》れだ！　今後もよく励《はげ》め」

「そん、な……っ」

頭を強打されたような衝撃《しょうげき》があった。

こんなのはおかしい。しかしそう思うのは嵐だけで、雷厳や家族は息子《むすこ》が華々《はなばな》しい昇格《しょうかく》を遂《と》げたと喜ぶのが自然だろう。

「これまでの嵐の活躍《かつやく》を詳《くわ》しく聞きながら美味《うま》い酒を飲みたいところだが、明日からはより一層の働きが求められる、今夜は獣肉《じゅうにく》をしっかり食べてよく休め。炎琉さまはご自身の宮殿《きゅうでん》へ戻らず玉煌朱宮に留《とど》まって出陣《しゅつじん》の準備をされるそうだ。明日の早朝、炎琉さまをお迎《むか》えに上がるように」

鴉己と嵐を置き去りにして話がどんどん進んでいく。

混乱した頭で、それでも懸命《けんめい》に考えを巡《めぐ》らせる。

これは鴉己から嵐を離すために丹天老君と炎琉たちが仕組んだことだ。

先ほど会ったばかりの炎琉がなにも告げてこなかったのは、告げて帰せば、嵐がその足で鴉己のところへ向かうとわかっていたからに違《ちが》いない。丹天老君からの下知という形で、あえて父親を介《かい》し、鴉己から離れたこの屋敷で伝えさせた。命令に背《そむ》けば父親に害が及《およ》ぶ。嵐は従わざるを得ない――。

「嵐？　どうした？」

「いえ、なにも……。よく休むようにします。父上、失礼します」

父親の部屋を出て、雛鳥《ひなどり》たちの部屋へのろのろと向かう。

弟妹《ていまい》や甥姪《おいめい》は手をつないだり、丸くてふわふわの姿で寄り添《そ》ったりして眠っていた。しばらく会っていないあいだに少し大きくなった仔《こ》もいる。嵐の気配に気づいて、うっすら目を覚ます。

「あー、……あにうえー」

「どこ、行ってたの……？　あそぶ、やくそくー」

「うん、うん……約束忘れてないよ、またみんなで駆《か》けっこしような。おやすみ……」

久しぶりに聞く、たくさんの可愛《かわい》らしい寝息《ねいき》。嬉しいのに、寂しい。横たわる気すら起きなくて、雛鳥たちが眠る部屋の真ん中で胡坐《あぐら》をかいていた。

深夜になって皆《みな》が寝静まると、嵐は鷲《わし》になって飛び、屋敷《やしき》の瓦屋根に降り立った。

人に変容し、懸命に背伸《せの》びをして見遣《みや》っても、ここから青楼《せいろう》街の灯《あか》りは見えない。

「鴉己さま」

嵐でも手に取るようにわかる謀略《ぼうりゃく》だ、鴉己が気づかないはずがない。

たぶん、きっと、自分で確かめに行こうとしては踏《ふ》みとどまることを繰《く》り返したのではないだろうか。青楼で飲んでいる配下の軍鳥に頼《たの》んで、朱色《しゅいろ》の卵が届けられたかだけでも確認《かくにん》したかもしれない。

『ここで待っているよ。ずっと待っているからね』

すぐ戻《もど》ると約束した。

瑠璃色《るりいろ》の大門に、いつまで立っていただろう。

嵐は戻らないと、いつ悟《さと》ったのだろうか。どんな思いで大門を離れたのだろう。

なかなか諦《あきら》めがつかずに、でも邸宅へ向かって足を踏み出す鴉己を思い浮かべると、胸が張り裂《さ》けそうだった。

「いやだ……。なんで、いま、離れて……」

本当なら今ごろは青楼街の最奥《さいおう》の邸宅で、抱《だ》き合って眠っているはずなのに。

初陣《ういじん》の日に大天幕で出会ってから、鴉己と嵐は夜ごと一緒《いっしょ》に眠ってきた。

最初の夜、鴉己はただの戯《たわむ》れで、嵐は騒《さわ》いでばかりのおかしな同衾《どうきん》だったけれど、それが徐々《じょじょ》に自然なものになっていって、今ではもう肌《はだ》や羽を触れ合わせていないと眠れない。

誰《だれ》も寄せつけず、独りきりで過ごす鴉己を想《おも》うと寂《さみ》しくてたまらなかった。

「鴉己さま……。鴉己さま――」

美しく煌《きら》めく白金鳳凰《ほうおう》の羽根を手に、嵐は一睡《いっすい》もせずに朝を迎えた。

・◇・・

軍鳥となった嵐には自身の名が刻印された銀の鎧《よろい》が与《あた》えられた。

だが、憧《あこが》れていた銀の鎧に喜びを見出《みいだ》せない。

鴉己のそばにいられるなら、見習いのままでもかまわなかった。鎧の色など何色でもよかったのに。

玉煌朱宮へ炎琉を迎えに行くと、黄金の鎧を着ていた。

これは真似事《まねごと》や戯れで着るものではない。命を賭《と》して瑞郷天を守護する武将鳳凰だけが身に纏《まと》えるものだ。

「今日の戦果によって朱真鳳凰の出陣が復古するか否《いな》かが決まる。丹天老君さまは私の軍功と、おまえの働きにも大いに期待しておられるぞ」

「……はい」

出陣団に鵯己の姿はない。炎琉に付いて軍場《いくさば》へ飛び、陣営を経由して戦線へ向かった。

「炎琉さまが到着《とうちゃく》されました！」

雨燕《あまつばめ》たちの報告に、数多《あまた》の軍鳥がどよめきをあげる。

鵯己は人の姿で隊列の最前に立ち、白虎《びゃっこ》の大軍を睨《にら》みつけていた。近くにいるのに、嵐のほうをいっさい見ない鵯己が果てしなく遠く感じる。

ドォン……という爆裂《ばくれつ》音が鳴って戦闘《せんとう》が始まり、嘆《なげ》いていられなくなった。朱色の鳳凰である炎琉はひどく目立ち、白虎や兵獣《へいじゅう》が近づいてくる。

ふいに、キイッ、キイッ！　という猛禽《もうきん》たちの警戒《けいかい》の鳴き声が響《ひび》き渡《わた》った。

敵方の陣列が規則正しく割れ、嵐が初陣のときに見た、あの巨大《きょだい》な白虎が姿をあらわす。

「出たぞっ、潘茶羅だっ！」

「散れ！　高く飛べ！」

「今日は珍《めずら》しい色の鳥がいるな！」

軍鳥たちが飛翔《ひしょう》し、羽根が乱舞《らんぶ》する。潘茶羅が炎琉めがけて猛烈《もうれつ》な速さで駆けてくる。

涙《なみだ》が出そうなほどに、守護と戦闘の本能が働いた。

「鴉己さま」

嵐は強い軍鳥になりたい。

身体《からだ》は小さくても、もらった名の通り、嵐《あらし》を巻き起こしながら飛び翔《かけ》る猛禽になりたい。

嵐が守りたいのは鴉己だ。周囲の者にどう見られようと、鴉己さえわかっていてくれたら――それだけで、嵐は鴉己のためにどこまでも翔られる。

鴉己への想いで胸をいっぱいにして、嵐は叫《さけ》んだ。

「炎琉さま！　飛翔を！」

「くっ……！」

慣れない鎧の重みに負けたのだろうか、炎琉の飛翔はひどく鈍《にぶ》いものだった。

嵐は炎琉を逃《に》がすため、潘茶羅の眼前を右へ左へ、何度も横切った。

「なんだ？　ちょろちょろと目障《めざわ》りだな」

潘茶羅の黒い鉤爪《かぎづめ》を、躱《かわ》したつもりだった。だが直後に左翼《さよく》に激痛が走る。

「うわあぁっ……！」

「嵐っ！」

名を叫んでくれた鴉己のところへ飛びたいのに、翼《つばさ》が言うことを聞いてくれない。白虎の鉤爪で左翼を抉《えぐ》られた嵐は強風に翻弄《ほんろう》される木の葉のように大きく揺《ゆ》れながら落下した。

「おのれ潘茶羅‼」

鴉己が怒号《どごう》し矢をつがえる。「ついに潘茶羅が斃《たお》れるぞ！」と軍鳥《いくさどり》たちが鬨《とき》の声をあげる。

しかし放たれた矢は白虎の鎧にすら当たらず空を裂いて見えなくなった。

「白金鳳凰が外した！」

「ばかな！　あり得ないっ」

「はははっ、あの鴉己が矢を外したぞ！」

兵獣の歓声《かんせい》と笑い声、軍鳥のどよめきと怒鳴り声が交錯《こうさく》する。

「鴉己神将!!　おやめくださいっ！」

大将鳥たちが止めるのも聞かず、鴉己が分身とも言える黄金の弓を捨てた。

南斗后輝に譲《ゆず》ってもらった大切な弓が、カンッと音を立てて落ちる。その悲しい瞬間《しゅんかん》が、嵐にも見えた。

「げい、き……、さま……」

鴉己が潘茶羅に襲《おそ》いかかる。白金鳳凰と白虎、巨大な瑞獣同士が噛《か》みつき合う。

舞《ま》う五色の羽根と、白い柔毛《じゅうもう》。

キイッ、キイッ——鴉己が、聞いたこともない鳴き声をあげる。

「なにやってんだ鴉己っ!!」

烈が黒い巨体《きょたい》をぶつけて、潘茶羅が、どう、と倒《たお》れた。次は烈と潘茶羅が激しく取っ組み合う。

「嵐！　嵐っ！」

鴉己がそばに降り立った。鳳凰は趾《あし》が穢《けが》れることをなにより厭《いと》うのに。

趾を汚《よご》させてしまったことが悲しくて、嵐は力を振《ふ》り絞《しぼ》り、人の姿に変容した。

「鴉己、さま……あし……、おれの、肩《かた》に」

「趾などどうでもいい！　誰か！　嵐を僕の背に乗せろ！」

すぐさま駆《か》け寄ってきた三人の猛禽たちの手で、嵐は白金鳳凰の背に乗せられた。鴉己が羽ばたき、戦線があっという間に遠ざかる。

陣営に着くと鴉己は人に変容し、嵐を横抱《よこだ》きにした。

「救護鳥！　早く！」

いつの間に戻ってきたのだろうか、炎琉が立ちふさがった。

「それは私の従者だ。勝手な真似をされては困るな」

「黙《だま》れ！　これ以上邪魔《じゃま》立《だ》てするなら僕がおまえを殺す！」

嵐の肌にも伝わってくるほどの怒《いか》りと気《き》迫《はく》だった。その場に固まった炎琉を置いて、鴉己は天幕に入ると、梧桐《あおぎり》の寝床《ねどこ》に嵐を寝かせてくれた。すぐに二羽の救護鳥が手当てを始める。

「傷の状態はっ？」

「命に別状はございません。傷口が長いため出血も多いですが傷そのものは浅いです」

「直ちに縫合《ほうごう》します。軍鳥さま、聞こえますか？」

小さくうなずく。救護鳥の「人の姿を維持《いじ》してください」という声が聞こえた。濃《こ》い麻酔煙《ますいえん》を嗅《か》がされ、筒状《つつじょう》の布地を噛まされる。

「ぐ、うぅっ……！」

「嵐っ！」

大粒《おおつぶ》の汗《あせ》が噴《ふ》き出るような激痛は最初だけだった。救護鳥たちは手早く傷口を縫《ぬ》って薬草を貼《は》り、包帯を巻きつけて固定してくれた。

綺麗《きれい》な赤い瞳《ひとみ》が間近にある。それだけで、昨日の途方《とほう》もない寂しさや、鴉己を遠くに感じた悲しさが消えていく。

「ごめんなさい……おれ、鴉己さまの、おそばを……離《はな》れたくないです」

「わかってる。嵐は僕を守るんだろう？」

周囲の者にどう見られようと、鴉己さえわかっていてくれたら——願ってやまなかったことが、形の美しい唇《くちびる》からこぼれ落ちてくる。

痛くて苦しいのに、必要以上に戦線を乱したのに、嵐は嬉《うれ》しくなってしまって、鴉己の袍服《ほうふく》を握《にぎ》り何度もうなずいた。

「そうです……おれが、鴉己さまを、お守りするんです。だからこんな怪我《けが》、すぐ治します」

「いい仔《こ》だ。嵐は強いな」

嵐にはよく見える。微笑《ほほえ》む鴉己の美貌《びぼう》の奥には泣きそうな表情がある。それでも絶対に笑顔《えがお》を崩《くず》さない彼の代わりに、嵐はぽろぽろと涙を落とした。

鴉己は血に濡《ぬ》れた手を袍服で拭《ぬぐ》い、嵐の涙を掬《すく》ってくれる。

そうして救護鳥に「催眠《さいみん》薬草を」と短く命じた。

「鴉己さま……」

「怪我が治るころには僕だけのものだ。約束する。おやすみ、嵐」


ゆっくりまぶたを開くと、屋敷《やしき》の自室の天井《てんじょう》が見えた。斬がのぞき込んでくる。

「目が覚めたか？」

「おれ……どのくらい、寝て、た……？」

「丸一日だよ」

その返事に思わず上体を起こす。数時間だと思っていたのに。

「鴉己さまはっ？」

「軍場《いくさば》に残ってるよ、潘茶羅が出つづけてるからね。私も、嵐が目覚めたらすぐ戻《もど》れと命を受けてる」

「もう痛くない。もう大丈夫《だいじょうぶ》だからおれも軍場へ戻る」

「なにを言ってるんだ、痛くないのは救護鳥が上手《うま》く包帯で固めてくれてるからに決まってるだろ。鴉己神将から伝言だよ。『歩けるようになってからでいい、青楼《せいろう》街へ』って。それだけ言えばわかるってさ」

「ありがとうっ」

「いったいどうなってるんだ？　嵐が怪我してから陣営《じんえい》は異様な雰囲気《ふんいき》だ。鴉己神将はなにと戦ってる？　どうやら白虎《びゃっこ》じゃなさそうだが」

「うん……。姉上、気をつけて。なにかあったときは鴉己さまに、付いて……」

「もちろんだ、軍鳥は百羽いれば百羽とも鴉己神将に付く。嵐も気をつけな。猪《いのしし》を狩《か》っておいたから、外出する前にしっかり食べるんだよ。だいぶ出血したからね」

斬は、嵐のぼさぼさの髪《かみ》に櫛《くし》を通しながら言う。

「初陣《ういじん》のときはどうなるかと思ったが……。ちゃんと軍鳥の顔になってきてるじゃないか」

「姉上、ありがとう。南斗后輝さまにお願いしてくれて。おれを鴉己さまの側仕《そばづか》えにしてくれて、本当にありがとう」

心からの感謝を伝えると、いつも大将鳥の険しい表情をしている斬が姉の顔になり、優《やさ》しく微笑む。

「怪我を早く治すために休むのも軍鳥の仕事だからね」

そう言って嵐の髪を束ね、部屋を出て行った。束ねたところに触《ふ》れると、白金鳳凰《ほうおう》の羽根が挿《さ》されていた。

また離れ離れになってしまったけれど、眠《ねむ》る前に鴉己がくれた言葉が支えになり、三羽の雛《ひな》鳥《どり》を守れることが励《はげ》みになる。

久しぶりの獣肉《じゅうにく》を平らげ、身なりを整えた。猛禽《もうきん》以外の禽鳥は獣肉の臭《にお》いを怖《こわ》がるから、総《ふさ》楊枝《ようじ》を使った歯磨《はみが》きも忘れない。

「飛べる気がするけど……。やっぱりやめとこう」

少しでも早く治して鴉己がいる軍場へ行きたい。嵐は歩いて青楼街へ向かった。

瑠璃色《るりいろ》の大門をくぐると花香《かこう》が漂《ただよ》ってくる。

「嵐ちゃん、おかえりなさぁい」

「こんにちは！」

「今度うちにも来てちょうだいね」

最初はわからなかった青楼街の決まりごとにも慣れてきた。二階の欄干《らんかん》からの声には元気よく応《こた》え、大路で会った顔馴染《かおなじ》みの遊君と優しく抱《だ》き合う。

大路を進んで細い道へ入りかけたとき、禽鳥たちが騒《さわ》ぎだした。

「お、おいっ。あれ見ろよ」

「朱真《しゅじん》鳳凰さま……？」

禽鳥たちの会話に驚《おどろ》いて嵐は天を仰《あお》ぐ。四羽の朱真鳳凰が上空を翔《か》け抜《ぬ》けた。

「なんで!?」

朱真鳳凰は青楼街には絶対に来ないと鵄己が言っていたのに。鳳凰たちはなにかを捜《さが》すように頻《しき》りに旋回《せんかい》し——邸宅《ていたく》のほうへ降下していく。

嵐は入り組んだ道を全速力で走る。閉まっているはずの門が全開になり、玄関へつづく前庭に四人の男が立っているのが見えた。

「この小屋に鳳凰の雛《ひな》が隠《かく》れていることが判明した！　出てこい！」

「やめてください！　ここは青楼街です、雛鳥なんかいません！」

嵐は叫びながら駆け寄り、へたり込んで震《ふる》えている紅雨を守った。

四人の朱真鳳凰のうちの一人をよく憶えている。贋物《にせもの》の卵を献上《けんじょう》したとき、箱を持っていた鳳凰だ。不敵な笑みを浮かべ、袍服の懐《ふところ》に手を入れる。

「丹天老君さまは三羽の雛が隠れ棲《す》んでいると把握《はあく》しておられるぞ。産み落とされたばかりの卵がこの小屋にあることもな」

「——!!」

ヒュッと喉《のど》が鳴る。嵐は眦《まなじり》が裂けそうなほど瞠目《どうもく》した。

朱真鳳凰の懐から出てきた贋物の卵は割られて欠片《かけら》になってもなお朱色の光を放っていた。

「丹天老君さまの御慧眼《ごけいがん》は卵が鵄己による工作物であること、彼奴《きゃつ》が青楼街のどこかで雛を囲っていることを見抜かれた」

鴉己が作った卵は完璧《かんぺき》だった。邸宅と雛鳥たちの存在が知られたのは欺《あざむ》ききれなかった嵐のせいだ。

過失の大きさに身体が震えだす。それでも嵐は足腰に力を込め、邸宅へ入ろうとする朱真鳳凰たちを、両腕《りょううで》を広げて阻止《そし》した。

「ここは鴉己神将の私邸《してい》です。鴉己神将の許可なくお通しするわけには参りません」

「三羽の雛はいずれ離宮《りきゅう》へ運ぶ。丹天老君さまは、平然と贋物の卵を差し出し、我ら瑞獣《ずいじゅう》を愚《ぐ》弄《ろう》した不敬者の捕縛と断罪を強くお望みだ」

「……」

いま抗《あらが》えば邸宅に入られる。嵐が捕《と》らえられたら、わずかな時間だけでも朱真鳳凰を離すことができる。そのあいだに遠くへ逃げて、助けが来るまで凌《しの》いでくれたら――嵐は、涙を流しつづけている紅雨に一瞬だけ目配せをして、両腕を下げて服従の意思を示した。

足首に鎖《くさり》が付いた枷《かせ》を嵌《は》められる。男が朱色の鳳凰に鎖をつかみ、飛翔《ひしょう》する。

「なにをしている。さっさと飛べ」

「……っ」

鷲《わし》に変容して羽ばたくたび、左翼に生じる激痛がびりびりと全身へ広がった。青楼街から玉《ぎょっ》煌朱宮《こうしゅぐう》までの短い距離で息が上がる。人の姿になって殿廊《でんろう》をよろめきながら歩き、九尊の間へ連行された嵐は、辰砂《しんしゃ》の床《ゆか》にへたり込んだ。

玉座に座る丹天老君がゆっくり立ち上がる。

また南斗后輝の姿がない。あと五人いるはずの九尊鳳凰も三人しか揃《そろ》っていない。ここにいる二十人近くの朱真鳳凰は丹天老君の閥《ばつ》に属する者なのだろう。

ぱち、ぱち、と扇《おおぎ》の音を立てながら丹天老君が近づき、見下してくる。嵐は左肩の傷口を押さえて言った。

「どう、して……卵を割ったんですか。もし真物《ほんもの》だったら、大切な命が……」

「鴉妃と癒着《ゆちゃく》関係にあるおまえが偶然《ぐうぜん》卵を発見したように装《よそお》うのは無理がある。たとえ真物であっても支障ない、鳳凰の卵はこの先も次々と産まれるのでな。——余は回顧したのだ、過去十数年のあいだに鴉妃は卵をみっつ差し出している。いずれも死卵の記録があった。偶然ではあるまい？」

命を軽んじる丹天老君の、鴉己への執念深さに背筋が寒くなる。

「よもや鴉妃が斯様《かよう》な小童《こわらわ》に執心しようとは」

嵐の髪に挿した白金鳳凰の羽根を扇で揺《ゆ》らし、にたりと嗤《わら》う。

「鴉妃め、長きにわたり余を謀《たばか》った罪は重いぞ。鴉妃とおまえと、互《たが》いに犯《おか》されつづけるさまを見せてやろう、孔《あな》が壊れるまでな」

なおも鴉妃と呼ぶ丹天老君に、その下劣を極めた発言に、嵐の中の恐怖が怒《いか》りに変わった。

〝禽鳥を母親に持つ鳳凰は誰もが朱真鳳凰の慰《なぐさ》み者になり得る〟というのが、数万年かけて精神と本能に刻み込まれてきた慣習らしいが、それが正当だと信じている丹天老君に憐《あわれ》みさえ覚える。

バシッと扇をはたき、老齢の朱真鳳凰を睨《にら》み据えて言った。

「鴉己さまは絶対に捕まったりなんかしません！　鴉己さまはおれがお守りします！　鴉己さまには指一本触れさせない。鴉己さまは必ず鳳凰の一族の――」

「鴉己、鴉己とやかましい！　おまえごとき矮小《わいしょう》が、この身でどう守るというのだ？」

扇が傷口に当てられる。凄《すさ》まじい力で抉《えぐ》られ、火がついたような激痛に襲《おそ》われた。

「ぐ、うぅっ……！」

「孔が壊れたのちは捥翼《わんよく》の刑に処して下界へ堕《お》としてやる、鴉妃諸共《もろとも》にな！」

嵐はかたくまぶたを閉じて懸命《けんめい》に耐《た》える。鴉己が抱《かか》える心の痛みを想《おも》えば、この激痛は耐えられる。

そのとき、宮中が騒がしくなった。

悲鳴や怒号ではない。命婦鳥や高官鳥たちの「まぁ、皆さま揃われて……」「おぉ、壮観だな」という感嘆の声が九尊の間に届く。

直後、耳をつんざく音を立てて九尊の間の窓が大破した。

「なにごとだっ⁉」

パリンッ、カシャンッという硝子《ガラス》の砕《くだ》ける音と朱真鳳凰たちの叫《さけ》び声が混ざり合う。

傷口から扇が離れて、まぶたを開いた。

目の前を、金の砂子がきらきらと煌《きら》めく。

嵐の瞳が、白金、薄紅《うすべに》、黄、紫《むらさき》、碧《みどり》に染まる。

「鵙己さま！」

白金鳳凰は鋭《するど》い鉤爪《かぎづめ》のある趾《あし》で丹天老君を蹴《け》り飛ばした。

そうして小型の瑞獣になり、そっと右肩に止まってくる鵙己を、嵐はぎゅっと抱きしめる。

「鵙己さまっ……」

「嵐っ、許してくれ、怖い思いをさせたね」

優《やさ》しく言って嵐を包み込んでくれたけれど、美しい翼羽は怒りに逆立っていた。

若い朱真鳳凰たちがすぐさま駆け寄り、丹天老君が身を起こす。

「おのれ鵙妃っ、逆賊《ぎゃくぞく》め！」

「賊徒はどちらか!?　かけがえなき禽鳥を殺傷する行為、どうあっても許しがたい！　瑞郷天に仇《あだ》なすも同じ、我ら武将鳳凰は断じて看過しない！」

壊れた窓から入ってきた武将鳳凰の青牙や宗熙や鸚涼が、九尊の間を飛びまわって朱真鳳凰を押さえつけていく。

「逆賊どもを捕《と》らえよ！」

丹天老君の一声で大勢の近衛《このえ》鳥があらわれる。鵙己は人に変容して嵐を背に隠し、矢を次々と放った。荘厳《そうごん》で絢爛《けんらん》を極《きわ》めた空間に数多《あまた》の羽根が乱舞《らんぶ》する。

ふたたびバリンッと窓が大破して巨大な黒鳳凰が飛び込んでくる。

「朱《あか》い鳳凰どもと近衛鳥はおれらがやる！　鴉己っ、爺《じじ》いを仕留めろ！」

烈だけが遅れて入ってきた理由を、嵐は正しく把握《はあく》した。鎧甲衙《がいこうが》門《もん》に寄ってくれたに違いない。烈の背には鎧《よろい》を持った玻璃が乗っていた。

「嵐、これを使って！　嵐の翼が動くようにと願いを籠《こ》めて磨いたよ！」

「玻璃さんっ、ありがとうございます！」

投げ落としてくれた鎧は嵐の名が入っていて、銀色の星屑《ほしくず》を纏《まと》うような素晴《すば》らしい輝《かがや》きを放っていた。

「オラアッ！　死にたくねえ奴は隅《すみ》でおとなしくしてやがれっ！」

「心得た！　邪魔者を隅へ！」

玻璃を九尊の間の出入り口におろした烈が暴れだす。戦闘に慣れていない朱真鳳凰は、青牙たちによって玉座の隅へ追いやられた。

嵐は今こそ鴉己を守り抜く。銀の鎧を着て鷲《わし》に変容し、羽ばたいた。

翼に痛みはない。小さな旋風を巻き起こしながら飛翔《ひしょう》した。

「く……っ、目障《めざわ》りな――」

巨大《きょだい》な朱真鳳凰になろうとする丹天老君めがけて飛び、眼前でバサバサッと羽ばたきを繰《く》り

返して変容を阻止《そし》する。

鶃己の、意を決した声が聞こえた。

「嵐っ、充分だ、離《はな》れてくれ！」

「はいっ！」

嵐は風を切って旋回する。鶃己が赤眼をかっと見開き、黄金の弓を引き絞《しぼ》る。

「朱真鳳凰の悪《あ》しき因習を抱えて逝《ゆ》け！」

弓弦《ゆづる》の弾ける音が九尊の間に響き渡る。

鶃己と、離宮《りきゅう》で息絶えた雛鳥たちの念が籠《こ》められた矢は丹天老君の左胸を貫《つらぬ》いてもなお威力《いりょく》を落とさず、その体軀《たいく》を壁《かべ》に縫《ぬ》いつけた。

・◇・・・

九尊の間での動乱からわずか四日後の夜――嵐は陣営の天幕で、仰臥《ぎょうが》する鴟己に跨《また》がっていた。

嵐は戦線へ出ていないが鴟己は白虎《びゃっこ》との激闘を終えた直後である。

「鴟己、さまっ……なんで、おれたち……？」

「なぜって、嵐はまだ肩が完治していないだろ？　この体位なら肩に負担がかからないと思って。早く覆《おお》い被《かぶ》さって貪《むさぼ》り愛したいけど、大丈夫《だいじょうぶ》、僕ちゃんと我慢《がまん》できるから」

「貪りっ……？　ちがいます……その話を、してるわけでは」

「僕らが軍場《いくさば》にいるのは此度《こたび》の悶着《もんちゃく》のあいだに白虎どもに縄張《なわば》りを奪《うば》われたからだ。連続して潘荼羅が出たとはいえ、数日でこうも形勢が傾《かたむ》くとは。原因は己《おのれ》にあるからこそ腹立たしい。必ずや冬が来る前に奪還《だっかん》し、且《か》つ境域を広げる」

瑞郷天を統《す》べる瑞獣《ずいじゅう》らしい硬い口調で答えた鴟己は、しかしにこにこ笑っている。鴟己が嵐の前で作り物の笑顔《えがお》をすることはもうないと感じられて、愛《いと》しさが募《つの》る。

——動乱から三日間、鴉己は眠《ねむ》るいとまもないほど目まぐるしく行動した。

禽鳥を殺害しようとした丹天老君を捕らえ、自身が玉座に就《つ》いたことを瑞郷天じゅうに宣明する。

九つあった玉座を五つに減らし、″一武四賢《いちぶしけん》″とした。

″一武″となった鴉己は離宮の取り壊《こわ》しを即座《そくざ》に決定する。勢いのまま九尊の間までなくそうとして、嵐は内心はらはらしたが、それを止めてくれたのは南斗后輝だった。

『断《た》ち切るのは悪しき因習だけでよい。瑞郷天を連綿と支えてきた空間じゃ、玉座は残せ』

新たに″四賢″の名を戴《いただ》いた南斗后輝の助言を鴉己は素直《すなお》に聞き入れた。

嵐も忙《いそが》しく働く。

鴉己の許可を得て真っ先に向かったのは離宮だった。暗く湿《しめ》った建物の中には四羽の雛鳥《ひなどり》がいた。抱《だ》き上げた四羽は青白い肌《はだ》をしていたが衰弱《すいじゃく》はしておらず、嵐は安堵《あんど》する。

従事経験がある玻璃の協力を得て、離宮から救い出した四羽の雛と、青楼《せいろう》街の邸宅で育てられていた三羽の雛と朱色《しゅいろ》の卵を育雛衙《いくすうが》門《もん》へ移り棲《す》ませた。

そうして、動乱の翌日に軍場へ戻《もど》った烈たちを追ってきたのだが——。

「これでも遅《おく》れてしまった」

不満そうに眉根《まゆね》を寄せる鴉己に、嵐は訊《たず》ねた。

「どうして鴉己さまたちはおれが九尊の間にいるとわかったんです……？」

「あのとき僕は相当怒《おこ》っていたからなぁ。戦線にも戻らず陣営《じんえい》を我が物顔で歩いている炎琉を見て、痛めつけたくてたまらなくなったんだ。でもあいつ、ちょっと突《つ》いただけでひんひん泣いて、訊《き》いてないことまでぼろぼろ泥《どろ》を吐《は》いてね。なんとも痛めつけ甲斐《がい》のない奴《やつ》だった。まぁ、そのおかげで僕らは間に合ったんだけど。嵐がなにかされてたら僕が凶禍《きょうか》鳥になってたよ。いやぁ、本当によかったよね」

「……」

『鴉己神将のことがぜんぜんわかりません』――泣きながら玻璃に縋《すが》った日が遠い過去のように思われる。

鴉己はとてもわかりやすい。彼は、嵐や遊君や雀《すずめ》たちには真物の優《やさ》しい笑顔を向ける。そして嫌《きら》いな者にも平気で笑顔を向け、冷酷《れいこく》な仕打ちをする。

絶世の美貌《びぼう》に笑みを浮《う》かべて恐《おそ》ろしいことをぺらぺら話す白金鳳凰《ほうおう》は、いったい炎琉のどこを突いたのだろうか。

九尊の間での動乱より数時間後、自力で飛べず轎《かご》に乗って瑞郷天へ帰ってきた炎琉は、以来、私室の寝床《ねどこ》から出ていないと聞いた。見舞《みま》いへ行って励《はげ》ましたいけれど、鴉己は絶対に許してくれないだろう。

「冗談《じょうだん》では済《す》ませられないね」

鴉己は表情をあらためて上体を起こし、嵐の腰を優しく抱いた。

「丹天老君が嵐を炎琉に付けたことに僕は激怒していたし、嵐が負傷して瑞郷天へ戻ることになってひどく焦《あせ》った。丹天老君は必ず嵐を攫《さら》い傷つける。だから炎琉を捕《と》らえて洗い浚《ざら》い吐かせ、軍議を開き、雷厳や斬たちに戦線を託《たく》して、武将鳳凰は全羽が帰還《きかん》した。あと少し遅れていたら本当に取り返しのつかないことになっていた。嵐を巻き込みたくなかった……僕のせいだ、どうか許してほしい。恐ろしい思いは二度とさせないと誓《ちか》う」

「鶂己さま、謝らないでください。おれは平気でした。朱真《しゅじん》鳳凰が邸宅《ていたく》に来たときは怖《こわ》かったですけど、九尊の間に連れて行かれても怖くなかったんです。自分でもすごく不思議で……鶂己さまは軍場にいるとわかってるのに、でもなぜか、来てくださるような気がしたんです」

嵐は、かつて九つあった玉座の中央に君臨していた朱真鳳凰を思い起こす。

あのとき、九尊の間にいた誰《だれ》もが丹天老君の死を見た。

しかし鶂己が放った黄金の矢は心臓からわずかにずれた左胸を貫き、肩を砕《くだ》いていた。おそらく飛翔はもう叶《かな》わない。

丹天老君にどれほど怨恨《えんこん》と憎悪《ぞうお》を抱いていても、鶂己は命を奪うことを踏《ふ》みとどまった――嵐はそう考えた。しかし思い直す。

『九尊の地位に驕《おご》り、守護すべき禽鳥《きんちょう》を殺《あや》めようとするなど断じて許しがたい。直ちに淵昏巌《えんこんがん》窟《くつ》へ連行せよ』

いっさいの躊躇《ちゅうちょ》なく言う鶂己と、顔を歪《ゆが》ませ血走った眼《め》で鶂己を睨《ね》めつける丹天老君。

嵐は考える。悪しき因習を抱《かか》えて絶命するのと、地底のように暗い場所を這《は》って生き永らえるのと、果たしてどちらが丹天老君にとって救いなのか――。

動けない丹天老君は軍鳥《いくさどり》たちによって檻《おり》の中へ入れられた。

『すぐ戻る。――玻璃、すまないが嵐を医師鳥のところへ連れて行ってくれ』

『わかった』

『おれは大丈夫です。ここで鵙己さまをお待ちしています』

檻を運ぶ軍鳥とともに飛んでいく鵙己を見つめていると、隣《となり》で、コツ、と踵《かかと》が鳴った。

嵐は、人の姿に変容して腕《うで》を組む烈を見上げて訊ねた。

『烈天将。鵙己さまは、わざと矢を外して……』

『いや、外したんじゃねえ。心臓すれすれのところに鏃を入れて肩を貫くように計算して射《う》った。おれなら一撃《いちげき》で息の根を止めてやるけどな。鵙己は爺いを生殺しにして苦痛と屈辱《くつじょく》を与《あた》えつづけると最初から決めてたってことだ。ほんと妖魔《ようま》みたいな奴だぜ。――ま、おれと玻璃は棲み処《か》にしたことあるが、そこまで悪くなかったぞ、ちょっと暗くて狭《せま》いだけだ』

玻璃は困ったように笑っていたけれど、烈の言葉は嘘《うそ》ではないから、ほんの少しだけ心の重みが軽くなった気がした――。

「──あっ。鶂己、さま」

腰に宛《あ》てがわれている手がするすると動く。下衣越《ご》しに茎《くき》をぎゅっと握《にぎ》られて、嵐は追憶《ついおく》をやめた。

「な、なにするんです」

「なにやら余計なことまで思い出してそうだったから。僕に集中してほしい。嵐は僕を守ってくれるんだろう？」

「はいっ」

鶂己が〃一武〃として統治者の地位に立ったことを瑞郷天じゅうの禽鳥が歓喜《かんき》し、祝い、各所で宴《うたげ》が開かれるほどだった。しかし若い朱真鳳凰からの反発は根強く残っており、長く困難な折衝《せっしょう》がつづく。これまで以上に危険がつき纏《まと》うから、鶂己を守りたい気持ちは強くなるばかりだった。

当の鶂己はなにごとにも動じない。これまでと変わらず飄々《ひょうひょう》と言う。

「僕、わりと長生きすると思うんだよね。嵐もそのつもりでいて。盾《たて》になって死ぬなど絶対に許さない」

「はいっ。約束します。おれは鶂己さまをお守りします！　でも盾になって死ぬことは絶対にありません」

心からの誓いを伝えると、鶂己は安堵したように微笑《ほほえ》む。

「嵐……」

甘い声で名を呼ばれ、赤い瞳《ひとみ》にねだられて、身体《からだ》がうずいた。

丹天老君の謀略《ぼうりゃく》によって引き離された夜から今日まで、触れ合う時間がほとんどなかったから、嵐も早く鵙己が欲しい。

互《たが》いに服を脱《ぬ》がせて裸《はだか》になる。どちらの陰茎《いんけい》も硬く立ち、先端《せんたん》から透明の体液を漏《も》らしていた。

「脚《あし》を広げて。僕と嵐がつながるところをよく見せて」

「ぅ……、鵙己さま、は……ずるいです」

嵐はもうなにも拒《こば》めない。たまらなく恥ずかしいそれにも応《こた》えたくなってしまう。

「あ、あ」

先走りを塗《ぬ》り込まれるだけで後孔《こうこう》が簡単にほころんだ。鵙己は嵐に自身の陰茎《いんけい》を握《にぎ》らせ、見えやすいように両肘《りょうひじ》をつく。

「は……ぅ」

強い羞恥《しゅうち》に惑乱《わくらん》しながらも開脚し、恐《おそ》る恐る腰を落とした。

大きく張り出した亀頭に、太い茎に、襞《ひだ》が広げられていく。結合部に視線がねっとりと絡《から》みついてくる。

「――あ……あぁっ」

逞《たくま》しい腰と自身の尻《しり》が密着した瞬間《しゅんかん》に、嵐は白い蜜《みつ》を勢いよく飛ばした。

鴉己が腹に撒かれた精液を掬《すく》って舐《な》める。また掬ったものを、ぴんと広がりきった孔《あな》のふちに塗り込んでくる。あまりにもいやらしい感触に、嵐は涙目になって訴えた。

「それ……恥ずかしい、です」

「出し入れしやすくなったよ。……してほしい」

大きな動きは難しいから浅くくわえて、先端から茎の中ほどまでをぬぷぬぷと抜き差しした。

鴉己の腰も次第《しだい》に揺《ゆ》れはじめる。くちゅっ、くちゅっ、と濡《ぬ》れ音が立ち、淫《みだ》らな摩擦《まさつ》が速くなっていく。

「あっ、あ……、ん」

「……嵐っ」

息急《いきせ》き切った鴉己が上体を起こして胡坐《あぐら》をかく。嵐は広い肩《かた》に両腕をまわし、美しい五色の羽に指を埋《う》めた。尻の丸みをつかまれ、上下に揺らされる。

「やっ、ぁっ」

「達《い》く、あぁ、嵐……、――っ！」

ぱんっ、と濡れた肉のぶつかる音がして、長躯《ちょうく》がぶるりと震《ふる》えた。腹の奥に濃厚《のうこう》な精液がどぷどぷと放たれていく。

「鴉己、さまっ……多、ぃ……」

「ん……。あと少し……」

腰をゆるりとまわす鴉己が唇《くちびる》を寄せてくる。いつも舌を入れて口の中を気持ちよくしてくれるけれど、待ちきれずに嵐はみずから舌を差し出した。

対面座位のまま、舌同士を擦《こす》り合わせ、絡ませる。鴉己に乞われて舌をしゃぶり、嵐は舌を強く吸われて、唇を深く食《は》み合わせる。そのあいだにも小刻みに精液を放っているのが感じられた。

やがて鴉己がつながりをほどき、体位を変える。左肩の傷はほとんど痛まないけれど、右肩が下になるよう、そっと寝《ね》かせてくれた。梧桐《あおぎり》の褥《しとね》に向かい合って横たわり、呼吸が落ち着くまで互いの身体を愛撫《あいぶ》しながら見つめ合う。

嵐は、鴉己が持つ瑞郷天一の絢爛美麗《けんらんびれい》さよりも、優しさと強さに惹《ひ》かれてやまない。そして、彼が胸のうちに宿すほんの少しの弱さがたまらなく愛《いと》しかった。それは誰もが秘《ひ》めているもので、鴉己が嵐だけに見せてくれるものだと思う。

「嵐」

背を撫《な》でていた大きな手が腕を伝い、嵐の手を取る。

鴉己は長い五色のまつげを伏《ふ》せて、指先に口づけ、厳《おごそ》かに言った。

「嵐。どうか僕だけの仙華《せんが》一枝《いっし》に」

「――はい。鴉己さま」

喜びで胸がいっぱいになり、声が詰《つ》まりそうになる。でも想《おも》いを伝えたくて、嵐は唇を動かした。

「いつでも翼《つばさ》を休められるように、ずっと鴉己さまのおそばにいます。ずっと――」

柘榴《ざくろ》石《いし》のように美しい瞳が煌《きら》めく。泣きそうな、幸せに満ちた笑《え》みを浮《う》かべる鴉己に、嵐も笑顔で応えた。

「あ……」

鴉己が嵐の片脚を取り、自身の腰に絡ませる。熱い陰茎がなめらかに最奥《さいおう》まで入ってくる。

そうしてふたりは甘い律動に溶け合っていく。

「あっ。あ……鴉己さま……」

「嵐《ラン》……、僕の嵐――」

鳳凰《ほうおう》の一族に変革を齎《もたら》した鴉己はのちに〝白金帝《はっきんてい》〟と呼ばれ、神仙界《しんせんかい》の歴史に名を残す。

軍場《いくさば》で黄金の鎧《よろい》を輝《かがや》かせる白金帝の傍《かたわ》らには、銀の鎧を纏う仙華一枝・嵐の姿が常にあり、彼らはやがて〝金銀比《ひ》翼《よく》〟という名の伝承となった。

あとがき

こんにちは。鴇六《ときむ》連《つら》です。このたびは『白金鳳凰《はっきんほうおう》の愛《いと》しい勇鳥《ゆうしゃ》』をお手に取っていただき、ありがとうございます。

今作は『黒鳳凰の愛する小鳥』のスピンオフ作品です。

読者の皆《みな》さまより「鶂己《げいき》が気になります」「鶂己のお話が読みたいです」という御声《おこえ》をたくさん頂戴《ちょうだい》し、白金鳳凰の物語を綴《つづ》ることが叶《かな》いました。これほど嬉《うれ》しいことはありません。本当にありがとうございます！

飄々《ひょうひょう》としながらも鬱屈《うっくつ》や心の傷を抱《かか》える鶂己が、太陽みたいに朗《ほが》らかで温かい嵐《ラン》に救われるお話になりました。

嵐は可愛《かわい》いだけでなく猛禽《もうきん》らしさもあって、服装も髪型《かみがた》も想像を遥《はる》かに上まわる素晴《すば》らしさです。腰《こし》の小さなポシェットは羽純《はすみ》ハナ先生がつけてくださいました！　中にはなにが入っているの……？　おしゃれだなぁ、可愛いなぁ〜。

そしてカバーイラストを拝見したとき、鶂己を創《つく》り出して本当によかった、〝神仙《しんせん》界に棲《す》む瑞獣《ずいじゅう》はみんな好色〟という設定にしてよかったと、心から思いました。こんなにも美麗《びれい》なのに雄々《おお》しくて強靭《きょうじん》で、悪びれる様子もなく「僕、スケベ大好き。気持ちいいこと大好き」と公言なさる白金鳳凰さま、最高ですね。

羽純先生、大変お忙《いそが》しい中、貴重なお時間を割《さ》いていただきありがとうございます！
（今作の刊行にあたり、羽純先生、今作からお世話になっている担当Tさま、校正・校閲《こうえつ》関係者さまに多大なご迷惑《めいわく》をおかけしました。申し訳ございません。）

お尻《しり》を狙《ねら》われつづけている攻《せめ》というのはオイシイ――もとい、珍《めずら》しいですよね。媚薬《びやく》を飲ませてピンチに陥《おちい》らせようかしら、などと考えたのですけれど（悪い作者）、鴉己はただの攻ではなく〝ゴリゴリの攻〟ですから、「ははは。一昨日《おととい》おいで」と追い返されました。
嵐と出会い、特別な感情を抱《いだ》いてしまったことを「誤算だった」と嘆《なげ》いていましたが、そんなことはありませんよね。彼の場合、ひとりで丹天老君《たんてんろうくん》を失脚《しっきゃく》させ離宮《りきゅう》を壊《こわ》す悲願を成就《じょうじゅ》しても、あとから更《さら》なる孤独《こどく》に陥りそう……。嵐という愛しい存在がそばにいるからこそ、鴉己はこの先〝一武〟として、やがては白金帝《てい》として名を残すまでに活躍《かつやく》していけるのだと思います。

やんごとなき御方《おんかた》たちとは無縁《むえん》の暮らしをしてきた嵐は、軍鳥《いくさどり》という地位に就《つ》いたあとも大衆鳥の感覚を持ちつづけながら、玉煌朱宮《ぎょっこうしゅぐう》の中で上手《うま》くやっていきます。市場や青楼《せいろう》街へ行くのはこれまで通りで、鴉己の書簡を持って公卿《くぎょう》鳥のところへお使いに行くようになったり、若い朱真《しゅじん》鳳凰たちのことも毛嫌《けぎら》いせずにきちんと接したり。（後者は鴉己が許しませんけれど…

……。）

ほかにも、〓己に「美君の宮殿《きゅうでん》へ行って御《お》小言を聞いてきてくれ」と頼《たの》まれて「えーっ、またですか？」なんて……南斗《なんと》后輝《こうき》さまは嵐が来ると嬉しくて、お茶して終わってしまいます。嵐は烈《れつ》と一緒《いっしょ》に狩《か》りへ行くようにもなります。にこにこ笑って「行ってらっしゃい」と見送る玻璃《はり》の隣《となり》で、ものすごくショックを受けている〓己の姿が目に浮《う》かびますね。そんなふうに何気ない日々を過ごしたり軍場《いくさば》で戦ったりして永い時を共に生き、天命を全《まっと》うして、数千年が経《た》ったころ「かつて〝金銀比《ひ》翼《よく》〟と呼ばれた白金帝と仙華《せんが》一枝《いっし》がおってな」と語られるのです。（ロマン……。）

瑞郷天《ずいきょうてん》に棲む鳳凰と禽鳥《きんちょう》たちの物語は今作で終劇となります。さっ、寂《さみ》しい……！またいつか書くことができれば素敵《すてき》だな、と神仙界に思いを馳《は》せつつ……あとがきの最後に、あらためて皆さまへ御礼《おれい》を申し上げます。ここまで読んでくださり本当にありがとうございました！

ブログのほうに掌編《しょうへん》を置いています。ぜひお立ち寄りください。お待ちしております。

二〇二〇年　一月　　鴇　六連

KADOKAWA
RUBY BUNKO

白金鳳凰《はつきんほうおう》の愛《いと》しい勇鳥《ゆうしや》

鴇《とき》 六連《むつら》

角川ルビー文庫　R 158-17　22069

2020年 3 月 1 日　初版発行

発行者――三坂泰二
発　行――株式会社KADOKAWA
〒102-8177　東京都千代田区富士見2-13-3
電話 0570-002-301（ナビダイヤル）
印刷所――旭印刷　製本所――BBC
装幀者――鈴木洋介

ISBN978-4-04-109177-7　C0193　定価はカバーに表示してあります。

KADOKAWA RUBY BUNKO

角川ルビー文庫

いつも「ルビー文庫」を
ご愛読いただきありがとうございます。
今回の作品はいかがでしたか？
ぜひ、ご感想をお寄せください。

〈ファンレターのあて先〉

〒102-8177 東京都千代田区富士見 2-13-3
株式会社KADOKAWA
ルビー文庫編集部気付
「鴇 六連先生」係

ドラゴンギルドの次は鳥もふBL!
黒鳳凰の
愛する小鳥
禍を招く黒い鳳凰×恋を知らない鶯
mutsura toki
鴇 六連
イラスト/羽純ハナ
助けた雛との幸せな時間は、
雛の成鳥によって終わりを告げ——?
禍を招く黒鳳凰の雛を助けた玻璃は、
烈と名付けて育てるが、成鳥した烈は、
かつて命を脅かした上位鳳凰たちに「玻璃はおれのだ!」と宣言し!?

今度こそリーゼくんの中、
僕だけにするからね。
竜結社《ドラゴンギルド》の筆頭執事となった黒猫族の末裔・リーゼは、奔放な風竜・サリバシの人に死をもたらすという血を浴びてしまい、その治療にと体に体液を注がれて…。
孤高の風竜×最後の黒猫の溺愛執着物語！
黒猫は蜜月に啼く
ドラゴンギルド
鴇 六連
イラスト／沖 麻実也

ルビー文庫

WEB応募受付中!!

次世代に輝くBLの星を目指せ!

第21回 角川ルビー小説大賞

プロ・アマ問わず! 原稿大募集!!

大賞 賞金100万円 +応募原稿出版時の印税

優秀賞 賞金30万円
奨励賞 賞金20万円
読者賞 賞金20万円
+応募原稿出版時の印税

全員 A～Eに評価分けした選評をWEB上にて発表

応募要項

【募集作品】男性同士の恋愛をテーマにした作品で、明るく、さわやかなもの。
未発表(同人誌・web上も含む)・未投稿のものに限ります。

【応募資格】男女、年齢、プロ・アマは問いません。

【原稿枚数】1枚につき42字×34行の書式で、65枚以上130枚以内

【応募締切】2020年3月31日

【発　　表】2020年10月(予定)
＊ルビー文庫HP等にて発表予定

応募の際の注意事項

■原稿のはじめに表紙をつけ、**以下の2項目を記入してください。**
①作品タイトル(フリガナ)　②ペンネーム(フリガナ)

■1200文字程度(400字詰原稿用紙3枚分)のあらすじを添付してください。

■**あらすじの次のページに、以下の8項目を記入**してください。
①作品タイトル(フリガナ) ②原稿枚数※小説ページのみ
③ペンネーム(フリガナ)
④氏名(フリガナ) ⑤郵便番号、住所(フリガナ)
⑥電話番号、メールアドレス ⑦年齢 ⑧略歴(応募経験、職歴等)

■原稿には通し番号を入れ、**右上をダブルクリップなどでとじてください。**
(選考中に原稿のコピーを取るので、ホチキスなどの外しにくいとじ方は絶対にしないでください)

■**手書き原稿は不可。**ワープロ原稿は可です。

■プリントアウトの書式は、必ず**A4サイズの用紙(横)1枚につき42字×34行(縦書き)かA4サイズの用紙(縦)1枚につき42字×34行の2段組(縦書き)**の仕様にすること。
400字詰原稿用紙への印刷は不可です。
感熱紙は時間がたつと印刷がかすれてしまうので、使用しないでください。

■**同じ作品による他の賞への二重応募は認められません。**

■入選作の出版権、映像権、その他一切の権利は株式会社KADOKAWAに帰属します。

■**応募原稿は返却いたしません。**必要な方はコピーを取ってから御応募ください。

■**小説大賞に関してのお問い合わせは、電話では受付できません**ので御遠慮ください。

■応募作品は、応募者自身の創作による未発表の作品に限ります。(※PCや携帯電話などでweb公開したものは発表済みとみなします)

■海外からの応募は受け付けられません。

■日本語以外で記述された作品に関しては、無効となります。

■第三者の権利を侵害した応募作品(他の作品を模倣する等)は無効となり、その場合の権利侵害に関わる問題は、すべて応募者の責任となります。

規定違反の作品は審査の対象となりません!

原稿の送り先

〒102-8177　東京都千代田区富士見2-13-3
株式会社KADOKAWA　ルビー文庫編集部　「角川ルビー小説大賞」係

Webで応募

https://ruby.kadokawa.co.jp/award/